「いいだろう、彼女は渡さないぞ」
外見完璧超人のクズ主人公
梔子 Kuchinashi Yoshito 良人
やる気なしロリ巨乳の教師
浦住 Urasumi Sakuko 作子

「梔子くん、彼女を賭けて、僕と勝負しろ！」
英雄七家のお坊ちゃん
白峰 Shiramine Kohta 光太
「ツツツツツツ!?!?!?!?!?」
外見完璧お嬢様のクズヒロイン
黒蜜 Kuromitsu Kirako 綺羅子

「先生、少しいいですか？」

「なんだ？」

「先生のおっしゃることもごもっともだと思います。

だからこそ、いきなり自分たちの特殊能力を使わず、
どういったものなのか、
どれほど危険なものなのかを知る必要があるでしょう」

「何が言いたい？」

「デモンストレーションをしましょう」

最強の力を持ってしまった幼なじみの２人、ダンジョンにて全力で蹴落とし合う

溝上 良

ぶんか社

CONTENTS

第1部　逃走中のクズ

大勢の人が行き交う交差点。賑（にぎ）わいがあり、人の往来も激しい。

ビルに張り付いた大型ビジョンでは、ニュースの放映がされている。基本的に、誰も足を止めずに聞き流すような番組だ。

しかし、画面の中が慌ただしくなり、キャスターに一枚の紙きれが渡されると、状況は一変する。

『臨時ニュースです。以前より報道がなされておりました、特殊能力の適性がある少年が発見されたとのことです』

そのニュースを聞いて、足を止めてビジョンを見上げる人が大勢いた。

それだけ、関心度の高いニュースであることを示していた。

画面の中では、そのことについて話が始まる。

『ああ〜、何か逃げ出していた少年がいましたねぇ』

『はい、その彼です。現在、警察と共に自衛隊も出動しています』

『大事になっていますねぇ。彼も逃げ出すような真似（まね）なんてせず、大人しく学園に入っていればよかったのに』

ヘラヘラと笑う高齢の男。また別のニュースの専門家として呼ばれていたため、今回の件ではしっかりとした解説はできないようだ。

しかし、誰もそのようなことは求めていない。

あの少年が、今何をして、どこにいるのか。それが、多くの日本国民の関心事である。

珍しい男の能力者であり、しかも学園に入学することを拒んで逃走しているということは、海外でも一定の話題性があった。

『現場からの中継準備に、少し時間がかかっています。……少年はどうして制止を振り切って逃げ出すようなことをしたのでしょうか？』

『さてねぇ。私は彼じゃないので正確なところは分かりませんが……。まあ、怖気づいたのでしょうな』

『怖気づく、ですか？』

『ええ』

そう言うと、高齢の男はキャスターに嫌味そうな笑みを浮かべた。

『――――ダンジョンに潜ること、そして、魔物と戦うことに』

◆

「はあ、はあ……し、しんどい……」

俺は山の中を歩き続けていた。

正直、めっちゃ嫌だ。シティボーイたる俺が、どうしてこんな未開の地（森）にいなければならないのか。

文明開化前の猿なら楽しく過ごせるだろうが、トップオブ人間の俺にこんなところは相応しくない。

そもそも、どうしてこんなに歩きづらいのか。

整備しろ。山も登られやすく成長しろ。

あと、虫ぃ！　マジで鬱陶しい！

人の顔にベチベチ当たってくるな！　お前らが気安く触れていい美貌じゃないんだぞ！　クソっ！

この俺がこんなことをしなければならないのは、あの特殊能力検査とかいう訳の分からんお遊戯のせいだ。

嫌だって言ってんのに、無理やり連れていこうとするしよぉ！

「やってられっか、ボケがあ!!」

空に向かって叫ぶ。

人前では決してやらないことだ。だって、不平不満を大声で叫ぶ奴は良く思われないだろう？

俺は、自分が生きやすくあるため、超絶性格いいスーパーイケメンとしてふるまっているのだ。

だが、逃げ出してからというもの、国家権力に追われ続けていれば、ストレスも溜まるというもの。

あー、世界クソだわ。

「ふっ、奇遇ね」

「!?」

誰もいないはず。俺以外に存在しないはずなのに、女の声がする。

今、追われている立場の俺にとって、他人の声は恐怖かつ邪魔者以外のなにものでもない。本来ならば、焦って走り出すのだろうが……。

　この声音には、遺憾ながら大変聞き覚えがあった。

　振り返れば、やはり奴がいた。

　黒髪のセミロング。丁寧に手入れされていることが分かるほど、艶やかだ。なお、今は葉っぱなどがついており、ボサボサになっている。

　黒い目に光はなく、人の悪意しか込められていない。それでも顔立ちがいいのが腹立つ。

　見た目は本当にいいのだ。内面がドブなだけで。

　真っ白な肌はろくに外に出ず引きこもっていたおかげだ。

　身体の凹凸は乏しい。乏しい。よくこのネタで攻撃できるので、二度言いました。

　そして、この女はよく知っていた。

　黒蜜綺羅子。俺の不倶戴天の敵にして、幼なじみである。

「何がどうなって幼なじみから不倶戴天の敵になったのかしら」

「綺羅子……生きていたのか……」

「どうして私を殺しているのかしら？」

　そっちの方が都合がいいから。

俺とこいつは、どうにも思考が似ている。そして、他人には決して見せない本性も知っている。

つまり、邪魔者である。

近くにいるだけで害だ。なんとかうまいことどこかに幽閉されてほしい。

「お前、髪の毛に葉っぱついているぞ。ダサい」

「取りなさいよ」

サラサラの黒髪から、葉っぱを取ってやる。俺はなんと慈悲深いのか。

……というか、なんで俺に対して命令形だったんだ。腹立ってきた。

彼女の髪を弄びながら、イライラする。

「で、なんでお前がここにいるの？」

山奥だ。

山登りなんて健康的かつ社交的なことは一切できない、引きこもり女である。なんの意味もなく、ここにいるはずがない。

「もちろん、あなたと同じ理由よ」

「ふっ……同志よ」

ガッと握手。

そうか。こいつも逃げてきたのか。

同い年だし、特殊能力検査を受けていたのも納得だ。

そして、綺羅子も能力が発覚したと。俺と同じく、あの学園に入れられることを拒み、逃げ出したと。

　お国のために命を賭さない非国民め。

「どの口が言っているの？」

　心底呆（あき）れた目を向けてくる綺羅子。

　そんな目で見ないで、エッチ！

「そういえば、あなた、凄（すご）く話題になっていたわよ。連日ニュースになるくらい」

「マジ？　俺のイケメンがそんなに……」

　確かに、俺はそこらのモデルや俳優を軽く凌駕（りょうが）するイケメンである。

　身長も高い。顔もいい。性格もいい。

　非の打ちどころがない。

　神は素晴らしい人間を作ったものだ。

「無駄な顔の良さよりも、男が特殊能力に目覚めて、逃げ出したっていうのが話題になっているのよ」

「無駄じゃない。あと、逃げ出していない。後ろを向いて全力で走っただけだ」

「天才ね」

　皮肉だろうか？

　いや、綺羅子の顔は、本気で賞賛していた。同じような考え方をするからこそだろう。

　こいつも今そうして逃げて……後ろに走っているわけだし。

「というか、そもそもなんで逃げ出したのよ。逃げなきゃよかったじゃない」

「どの口が言ってんの？」

まだ逃げているというか。何も学んでいないな、こいつ。

そもそも、俺と同じことをしているこいつが、偉そうに言える立場ではないのだ。

理由なんて、日本にいるなら誰もが想像できるだろう。

「そんなもん、徴兵されないために決まってんだろ」

俺は、そう言って能力が発覚したあの日のことを思い出すのであった。

◆

卒業間近となった俺は、中学校の体育館に向かって歩いていた。

なぜ、俺がそこに向かっているのか？

特殊能力検査。

そのままの意味で、特殊能力の有無を調べる検査である。

それは、中学校卒業間近になると、すべての中学三年生が受けなければならない義務だ。

……はい、クソー。

義務という言葉は、俺が最も嫌いな言葉の一つである。

権利だけ寄こせ。俺に義務なんて存在しない。

この時点で、検査を受けたくなくなっている。

だいたい、少し前まで眉唾物で天然キャラづくりに失敗している奴しか保持を主張していなかった特殊能力を、真剣に調べているのが滑稽だ。

まあ、ダンジョンとかいう訳の分からないクソ構造物が出現してから、特殊能力というものは現実に存在し、活用されているのも事実だ。

「なあ、梔子。今日の特殊能力検査って、何時からだっけ？」

体育館に向かっている中、男が話しかけてくる。

……どこかで見たような顔だ。

クラスメイトだったか？　まったく興味がないから、全然名前が思い出せない。

というか、なれなれしくない？

「十時だ」

「サンキュー」

相手は笑うと、俺の肩に手をポンと置いた。

誰だこいつ？

気安く俺に話しかけてきているけど、まったく知らない。

「なあ、もし俺たちに特殊能力があったらどうする？」

まだ話しかけてきやがる……。

お前と話をしてもメリットなんてないから、話したくないんだけどなあ……。

『いや、そもそもメリットデメリットで人付き合いをするのはどうなの？』

……俺の脳内で、また誰か知らない男の声がする。

おっさんだ。社会の荒波にもまれて、くたびれ切ったおっさんの声だ。

『違うよ⁉　僕、君と大して変わらない年齢だったよ⁉　というか、何度も僕のことを説明したよね？』

勝手に人の脳内に寄生する奴のことを、どうして温かく迎え入れてあげないといけないの？

『…………まあ、それはそれとして』

なんだこいつ。

数か月前からいきなり現れた、亡霊だ。

そもそも、どういう経緯でこいつに取り憑かれたのか。

俺はその当時のことを思い返すのであった。

◆

これは、中学三年の夏の話だ。

そろそろ進路について、かなり真剣に考えておかなければならない時期に、俺は受験勉強以前のだるい問題にぶち当たっていた。

くだらない時間である。

俺は心の底からそう思って蔑(さげす)んでいるのだが、もちろんそれを表に出すことはない。

むしろ、あなたと話ができて嬉(うれ)しいですというような、そんな表情を浮かべている。

当然のことながら、演技である。

はあ……。まだガキの俺にこんなことをさせないでほしいわ。

これが赤の他人なら、もう二度と会わずにいればいいだけなのだが、俺にこんなことを強要しているのが実父なのだから、もはやどうしようもない。

目の前に座っている父親は、随分と偉そうにふんぞり返っていた。

……なんでこんな無能から、俺みたいな有能が生まれたんだろう？

トンビが鷹(たか)を生む。烏(からす)の白糞(しろふん)。俺とこのバカな父親を表す言葉として相応しいものがこれらである。

俺がそんなことを考えているとは知る由もない無能な父親は、俺を見定めるように視線を向けてきていた。不敬だぞ。

「良人(よしひと)。励んでいるか？」

何を励んでいるのか、しっかりと話せよ。

言葉もまともに話せねえのか、この無能クソ親父(おやじ)は。

俺は心底呆れ果てるが、心優しい俺はそれを表に出さず、にこやかに笑みを浮かべて対応した。

「もちろんだよ。教えてもらった通り、よく仕えるように心掛けているよ」

父親の無能をカバーしなければならない息子の気持ちとか、考えたことある？

というか、そもそもこの現代社会で他の家に仕えるってどういうことだよ。戦国時代か？　まさか、ガキのうちからこんなことをさせられるとか、思ってもいなかったわ。

しかも、仕えているのがあいつの家だし。最悪だわ。

俺の内心なんて知りもせず、返答に満足そうに頷いた父。

「そうか。それは素晴らしいな。私もあの方よりお褒めの言葉をいただけた。お前がよく仕えていると。よくやった、良人。私の言葉を、正確に理解している」

満足そうに胸を張る父。

結局、こいつからしたら俺のことは自分を飾るためのアクセサリー程度の価値しかないのだろう。俺が褒められたということは、自分が褒められたということに、こいつの中では自動的に変換されているに違いない。

愉快な頭で羨ましい。

血はつながっているはずなのに、まったく遺伝しなかったな、こいつの低知能。

「これからも、お役に立てるように全力で務めるよ」

「ああ、それでいい。さすがは、私の息子だ」

そう言って、鷹揚に頷く父……という名のバカ。俺はそれに対して何も言うことはなく、笑みを浮かべて頭を下げるのであった。

「はーっ！　だっる！」

クソ親父の部屋から出て、自分の部屋に戻ってきての第一声がこれである。

もちろん、この部屋に盗聴器とかが仕込まれていないかは確認済みだ。

……自分の家でどうしてこんなに警戒する必要があるんですかねぇ……。

「なーにが私の息子だ、だよ。お前の息子でよかったことなんて一つもないわ」

メリットが何もない。

凄いよな。ここまできたら、逆に褒め称(たた)えたいわ。

一度も家族らしい、父親らしいことをしてもらった記憶はない。

授業参観すら来たことがないんじゃないか？

いや、まあ来られても困るだけなんだけどさ。

それを恩着せがましくされたら鬱陶しいし、そもそも親に授業を見に来られても……。

うまくサボっているのがばれたらマズイからな。

「だいたい、お前がうまくできなかっただけだろ。それを息子の俺に託そうとするとか、言葉はいいけど託される側は気持ち悪いだけだわ」

あの家によく仕えろ、とか偉そうに言っているが、結局は自分の力だけでは重用されなかったから、俺に期待を寄せているに過ぎない。

自分の叶(かな)えられなかった夢を、子供に押し付けようとしているだけだろう。

うーん、面倒くさい！　お前の人生なんて知ったことか！

どう考えても俺の人生の方が大切だわ。

そんなことを考えていると、スパン！　と勢いよく部屋の扉が開く。

当然のように部屋にズカズカと入ってきたのは、綺羅子だった。

我が物顔で入ってきてんじゃねえよ。

「随分と荒れているわね」

「お、元気か、お嬢様」

「止(や)めなさいよ。ぶちのめしたくなる」

俺がニヤニヤしながらからかえば、心底嫌そうに顔を歪(ゆが)める綺羅子。

俺の家も相当ゴミだが、こいつの家も負けていないくらいにゴミだ。

というか、名家というしがらみの強さだけで言うと、圧倒的に綺羅子の方が強い。

ご愁傷様でーす！　俺は関係ないでーす！

……まあ、こんなことを言っておいてなんだけど、うちも結構名家らしい。

ろくに聞いていないから、あまり知らないのだが。

大変遺憾なことではあるが、黒蜜家に仕えることが梔子家の本分というか、使命らしい。

相応の家である黒蜜家にそのようなことができるのは、うちに一定以上の格があるからだろう。

まあ、だからと言って俺が忠実に他人に仕えるわけないんだけどなあ！

このゴミみたいな風習も、俺で終わらせてやるよ！

「ぶちのめすって言ったって、お前にそんな力はないし、俺もお前を制圧できるだけの力はないから、泥仕合になるだけだろ。みっともないから止めとけ」

「……それもそうね」

ろくに身体を鍛えていない俺。

そして、俺以上にダラダラ無駄に人生を過ごしている綺羅子。

この二人が取っ組み合いの喧嘩をしたところで、赤ちゃん同士の喧嘩と同じような光景にしかならないだろう。

つまり、どちらかが相手をノックアウトすることもできず、ウダウダと掴み合いをするレベル。時間の無駄である。

お互いにその認識があるからこそ、無駄な闘争に発展することはなかった。

「で、何かあったのか？　というか、当たり前のように俺の部屋に入ってくるなよ」

「あなたのお父様は喜んで入れてくれたわ」

人の家に当たり前のように侵入してくる綺羅子に苦言を呈すると、バカ親父が余計なことをしたのだと伝えてくる。

ああ……。確かに、あのクソ親父なら、黒蜜家が来たらたとえ家族の葬式をしている途中であっても、嬉々として迎え入れて歓待することだろう。

そういうところが気持ち悪いんだよなあ……。

まあ、自分のことを優先するっていうのは悪くないと思うけど。

だからこそ、俺も当然自分のことを優先する。

父親？　知らんなあ……。

「媚びへつらいとご機嫌伺いしかできない奴の判断を尊重するくらいなら、俺の言うことを聞いておけ」

「じ、自分の父親のことをここまでボロクソに言うことができるのは、単純に凄いと思うわ。私でもなかなか言えないわよ」

「嘘つけ。お前のところも大概だろ」

お前も俺のところに来たら、しょっちゅう自分の親や家のことをボロクソ言っているだろ。俺が騙されるとでも思っているのか。

いつか綺羅子が言っていたことを盾に、何かしら脅迫したいと思っている。

まあ、その時は自分が父親のことを好き勝手言っているという弱みも握られているので、うまく対策を考えておかなければならないが。

「……そうねぇ。でも、この話は止めましょう。どっちの親が毒親か、みたいな不幸自慢合戦になっちゃうから」

「……まったく生産性がないな。止めとこうか」

誰も幸せにならない。

綺羅子が不幸になるなら多少なりとも我慢してもいいが……ちょっと家のことはね……。

俺にとっても綺羅子にとってもアキレス腱となる場所だから、ここぞというときにしか責めないようにしているのだ。

「で、お前は何をしに来た？」

「疲れたからあなたのだるそうな顔を見てストレス発散しようと思って……」

「人の顔を見てストレス発散って、失礼だと思わないの？」

他人のだるそうな顔を見てスッキリするって、こいつなんなの？　人格終わってない？

こんな人間が生まれてしまったのって、もうバグだろ。神様仕事しろよ。

そんなことを考えてジト目を向ける俺に、綺羅子は怪訝（けげん）そうな目を向けてきていた。

「え、まったく？　自分さえ良かったら、他人なんてどうでもいいし」

「その思想には賛同するが、その蔑（ないがし）ろにされる対象に俺が入っているのは許せん」

他人よりも自分。比べるまでもない。

その考え方には全面的に同意するが、綺羅子の幸せに俺が犠牲になるということはありえない。

というか、許せん。

それだけは、断固として抵抗させてもらおう。

「まあ、いいじゃない。私が元気になるし。というわけで、ドーン」

「ぐえっ⁉」

シュバッと身を投げ出して、抱き着いてくる綺羅子。

体重は軽いのだが、人間が捨て身タックルしてくるとさすがにダメージが入る。鍛えていないからなおさらである。

綺羅子と激しい格闘を繰り広げ、数時間ののち、追い出すことに成功した。

疲れた……。

「やっと失（う）せたか。薄汚い人間め……」

俺は達成感と疲労感を同時に覚えながら、悪態をつく。

陰口は情けないと思うかもしれないが、俺は綺羅子に直接顔を見て言うこともあるので、セーフである。

そんな、誰に聞かせることのない言い訳を考えていた時だった。

『いや、君も人間だよね？　どうして漫画の魔王みたいなことを言っているの……？』

突然、頭に鳴り響く声。それは、どこか中性的な男の声だった。

俺はサッと青ざめる。

俺の性格は、綺羅子以外には秘匿していたのだ。万人受けしないことは理解していたから、できる限り本性は隠そうとしていた。

そして、それはうまくいっていた。何せ、実の父親すら知らないのだから。

しかし、今の言葉を聞く限り、俺と綺羅子の会話が聞かれていたことを意味していて、すなわちそれは俺の立場が危険になっていることを表していた。

「まずっ……!?」

慌てて周りを見渡す。

最悪、口封じが必要だ。口封じのやり方は色々あるが、ともかく必要なことは間違いなかった。

金とかで転んでくれるようなら助かるんだがなあ……。でも、金で転ぶような奴なんて、秘密にしてくれるとは信じられないし。

……やっぱり、物理的なあれしかないか？　殺す感じ？

そんなほの暗い決意をしながら周りを見るが……。

「……誰もいない？」

そう、どこにも人影はない。

どういうことだ、と頭を悩ませていると……。

『いるよー』

「きええええあああああああああ!?　お化けえええええええええ!?」

『ち、違うよ!?』

姿もないのに声だけしたらお化けだろうが！

なんで俺のところに!?　何も悪いことしていないんですけど！

これからヒモになろうとしているところなんです！　許してください！

綺羅子を差し上げますんで！

◆

よくよく冷静になって考えてみたら、なんで俺が謝って媚びへつらわなければならないのだ。意味分からん。

いきなり殺しにかかってくるような感じでもないため、俺は普通に亡霊と話していた。

すでに、本性を隠すための演技はしていない。だって、ばれてるし。

今更取り繕ったって一緒だから、初めて綺羅子以外に本性を見せていた。

「で、結局お前なんなの？」

『うーん、それはまだ秘密かな！』

顔があれば、てへっと舌を出していただろう。そんな声音だった。

だから、余計に腹が立つ。なんだこいつ……。

「マジで死んでくれない？　何がそんなに楽しいの？　笑える要素一つもないんだけど」

『そこまで言われると、さすがの僕もかなり傷つくんだけど』

「お前が傷つくとか傷つかないとかはどうでもいいわ。問題は、お前の聞くに値しない耳障りな声が、俺に聞こえ続けるということだ」

こいつ、俺の頭の中に住み着いているらしい。最悪だ。

ここまで嫌な気分になったのは、久しぶりだ。綺羅子と学校行事で同じ班になった時以来だ。

……割と頻繁(ひんぱん)にあるわ。

なんでか知らないが、そういうグループ決めの時は、しょっちゅう綺羅子と一緒になるもんな。

……まさか、ここまでクソ親父とか介入しているわけではないだろうな？

だとしたら、ただでさえ底辺に位置している評価が、さらに下がることになるが。

『まあまあ、そう言わずに。僕の声が聞こえるのって、君だけだから。安心してよ！』

「どこに安心できる要素があるの？」

しかも、この苦しみを味わうのは俺だけかよ！　ふざけんな！

せめて、せめて綺羅子も一緒にしてくれ。あいつが苦しんでいたら、俺は笑顔になれるから。もうちょっとだけ、頑張れるから。

『まあ、僕の声に対して、君も声を出して反応しようとするのは止めた方がいいかもしれないね。僕の声が聞こえないから、他人からは独り言の相当激しい人って見られるだろうし』

「あ、それは大丈夫。俺の演技力、お前の想像の百倍はあるから」

『百倍!?』

驚愕(きょうがく)の声を発する亡霊……いや、寄生虫か？

俺をそこらにいるような人間と一緒にしないでもらいたいね。

人間は、誰しも本音と建て前を持ち合わせている。つまり、すべての人が演技をしていると言っても過言ではない。

だから、全員が役者のようなものだ。

とはいえ、それでも俺のレベルは違う。格が違うのだ。

野球少年とメジャーリーガーくらい違う。

「お前の声なんかに惑わされず、完璧に日常生活を送ることができる。その自信はめちゃくちゃある」

『なんだか凄い奴に憑いちゃったかも……』

お前、憑いちゃったって……。

マジで幽霊じゃん。

「で、結局お前なんなの？　悪霊？　お祓い行ってもいい？」

『お祓いに行ったとしても、別に幽霊じゃないから効かないよ。……ナチュラルに悪霊呼ばわりするの止めてくれない？　一応、僕の目的って正義とか善に分類されると思うし』

正義（笑）。善（笑）。

「じゃあ、その目的を言ってみろよ」

自分からそんなことを言ってくる奴に、ロクな奴はいないぞ。

少なくとも、俺はそんなことを言ってくる奴を心から信じることはないから。

『うーん……今の状況では言えないかな。時が来ればちゃんと話すよ』

「ふざけんな！　お前の言っている『時』っていうのは、いつになるんだよ！　下手したら十年先とかだろ！　そんな先までお前と一緒にいられるか、ボケぇ！」

一刻も早く出ていってほしいんだよ！

その『時』というのがいつになるのか。

それこそ、十年や二十年先とか言われたら、恐ろしすぎる。発狂してしまうだろう。

そんな俺をせせら笑うように、寄生虫が声を発する。

『大丈夫。人間って、慣れる生き物だから』

「慣れねえんだよ！　マジで強制除霊してやるからな！」

喋んな、ゴミが。

『いやいや、だから僕は幽霊じゃないから、そんなのは効かないって……』

やれやれと笑う寄生虫。

俺はそんな風に余裕を見せている奴を無視して、そういえばと思い出す。

「あ、塩あったわ」

とりあえず、自分の頭に振りかけるように、バッサーと塩を被(かぶ)った。

直後。

『ぎゃああああああああああ!?』

「効いてるじゃねえか」

◆

寄生虫にへばりつかれた当時のことを思い出した。

ろくでもない思い出だから、イライラする。

それはそうとして、結局なんなんだこいつ。マジで意味分からん。

いつか立派な神社でお祓いしてもらうことを心に決めながら、そういえば同級生もどきに話しかけられていたと思い出す。

無視をするのは外聞が悪い。

なので、嫌々答えてやる。

「あまり考えられないな。男で特殊能力を持っている確率なんて、一パーセントもないだろう」

特殊能力検査は、男女の区別なく、中学卒業間際になると受けさせられる。

だが、そこで特殊能力が認められるのは、ほとんど女だ。世界の人口において、女が過半数を超えているという理由もあるかもしれないが。

どういう理由があるのか、色々な国が研究しているらしいが、結果は出ていない。

ともかく、男は特殊能力がほとんど発現しないということだ。

『不思議だよねえ。なんでだろう？』

知らん、興味ない。

俺に都合がいいから、調べようとも思わない。

「そうだけどさあ。やっぱり、夢があるだろ？　だって、特殊能力があったら、あの女だらけの学園に入れるんだぜ!?」

そんな感想を漏らすクラスメイトに、俺は内心で唾を吐き捨てる。

性欲しかないのか、この猿ぅ。

三大欲求の中で、唯一完全に制御できて不要なのが性欲だ。そして、この満たされた現代世界で、最も人が安易に狂うのが性欲である。

つまり、唾棄すべき悍ましいものなのだ。

『そこまで言う？　普通、君くらいの年齢なら、異性に興味があってしかるべきじゃないかな？』

クッソどうでもいい。

俺の役に立たない異性とか、まったく興味ない。

しかし、ここで返答を間違ってはいけない。

体育館に向かっているのは、何も俺たち二人だけではない。同学年の……そして、周りには女子生徒も大勢いるのだ。

「俺はそういう場所に行きたいなんて気持ちはないからな。悪いが、お前とは違う」

「ちぇー。つまらねえの」

俺の返答に眉を顰めるクラスメイト。

だが、俺の意識はそちらにはなく、周りにあった。

「やっぱり、梔子くんは違うわよね」

「他の男子と一緒にするのが失礼よ」

コソコソと話しているが、しっかりと聞いているぞ。

俺の評判、爆上がり。

ありがとう、勝手に踏み台になってくれて。

お前の評価が下がるのと相対的に、俺はまた一つ評価された。

『なんて嫌なことを考える中学生なんだ……』

亡霊（寄生虫）の声を無視して、体育館に入る。学年全員が集まると、学年主任の教師が話し始めた。

「本日は、事前に連絡していたように、特殊能力検査だ。全員一列に並び、順番にあの水晶に触れてもらう。水晶が光れば、特殊能力を保持しているということになる。光った者は、体育館で待機。

それ以外の者は、帰っていい。では、出席番号順に始めなさい」

選挙をするときの体育館のように、簡素な設営がなされている。テーブルが一つあり、その上にそこそこ大きな水晶が置かれてあった。

教師の指示に従い、次々にそれに触れていく生徒たち。時折、ピカッと光っており、その生徒は体育館で待機していた。

そして、男子生徒はというと、待機している中に誰一人として存在しない。

よし、いいぞ。順調だ。

「なあ、知っているか？　あの光、強ければ強いほど、特殊能力が強いってことらしいぜ」

「そうか」

俺の前に並んでいたクラスメイトが、ひそひそとささやいてくる。

まったく興味のないことを教えてくれてありがとう。

そもそも、特殊能力の強さって、どういう基準の強さなんだよ。

『確かに、なんだろうね。やっぱり、希少性じゃないかな？　強い力は珍しいわけだし』

ほーん。まあ、どうせ俺は関係ないし、考えるだけ無駄だな。

「あと、あの黒服って政府の人間だよな？」

「ああ。特殊能力の暴発を防ぐためっていう理由らしいが……」

チラリと目を向けると、体育館の出入り口のすべてに、黒いスーツを着た男女が立っていた。

国から派遣された税金泥棒だ。

『君は公務員をすべて泥棒だと思っているの？　ひねくれが過ぎる……』

クラスメイトに話したように、安全に検査を行うために派遣されている……という体だ。俺は信じていないけど。

絶対それだけじゃないだろ。別の理由があるはずだ。

たとえば、逃げ出そうとする奴を捕まえるためとか。

そりゃ、逃げる奴もいるわな。

特殊能力の強弱によるが、下手をすればあの学園に強制入学だ。進路を自分で自由に選択することができない。

そして、そこを卒業すれば、国家公務員へ就職が決定している。職業選択の自由なんて、完全に無視している。

国家公務員ならいいじゃないかと言う愚か者もいるが、いいわけないだろ。基本的に、ダンジョンの監視などの、人殺し上等の化け物と戦わせられるんだぞ。

命がいくつあっても足りないわ。クソブラックだ。

こんなもの、徴兵制と変わりない。

昔にあれこれあったから公に徴兵制にはしていないが、十分間接的に徴兵制をしている。

まあ、まだ生き残っている他国はガッツリ徴兵制を敷いているらしいが。

俺は関係ないし、どうでもいいや。

「あー、もうそろそろ順番だ。でも、俺たちは無理だろうなあ」

「ああ」

そっちの方がいいだろ。さっさと帰りたいわ……。俺の時間を拘束するとか、本当国って何様だよ。

『国家相手にそれだけ強気な君の自尊心がやばい』

「くっそー。なんで男って、女より特殊能力発現の割合が低いんだろうなあ」

「さあな」

あくびしたくなるようなつまらない会話にも、頑張って付き合ってやる。

あいにく、それも興味がない。

ただ、男の発現率が低いのは非常に助かる。

純粋に間接的徴兵をされる確率が低いということだからな。俺が他人のために命を懸けて戦うとか、マジで意味が分からん展開だし。

絶対ありえない。

『君って、何があっても自己犠牲ってしなさそう』

当たり前だよなあ……。

おっと。俺たちの会話を聞いている奴もいるだろうし、とりあえず評価上げとくか。

「だが、理由は分からずとも、能力を発現して必死に俺たちのために戦ってくれている人たちには、感謝の意を示さないといけないと思うよ」

「いい子ちゃんだねえ」

苦笑いするクラスメイト。

だが、周りの反応をちゃんと見てみろ。

「梔子くんって、本当に性格もいいよね」

「うんうん！　普通の男子と違うよね」

ほら、ちょろい。いい子ちゃん発言をするだけで、俺のイケメンも合わさると、こんな簡単に評価されるのである。

やっぱ、人間って簡単だわ。

『悪魔みたいなことを言っている……』

性格は大天使をも超えるほど善性に溢(あふ)れているぞ。

『ははっ、ナイスジョーク』

は？

「格好いいなあ、梔子くん。こ、告白してみようかな⁉」

「梔子くんは見た目良し、性格良し。だから、あんたじゃ無理よ」

「うぐぅ……」

おっと、お嬢さん。俺を養ってくれるのであれば、あなたでまったく構わないよ。

仕事も家事もしないけど、よろしくお願いします。

『誰がそれで頷くの？　奴隷(どれい)？』

「俺の番だ、行ってくるぜ！」

「ああ」

元気に手を掲げて、水晶に向かっていくクラスメイト。

二度と戻ってくるな。

「うおおおおおおおおお!!」

「無能力ですね。次の方、どうぞ」

「………」

あひゃひゃひゃひゃ！　あんなに気合入れて無能力かよ！

いいじゃん、面白いじゃん。

みじめでみっともなくて、俺は好き。

後で自己紹介してもらおうかな。

知り合いになりたいわ。

『そこで友達と言わないのが君らしいね』

「次、梔子（くちなし）　良人（よしひと）さん」

「さて、俺の番か」

水晶の前に立つ。

はああ……めんどくせ。さっさと終わらせて、帰ろう。今日はおいしい和菓子を食べながら、熱いお茶をすするって決めていたんだ。

そんなことを考えながら、俺は水晶に手を伸ばした。

あらよっと。

「――――――ッ!?」

次の瞬間、カッ!!　とすさまじい光量で水晶が光ったのであった。

……光った？

「う、嘘……」

「梔子くんが……？」

「く、梔子、お前……」

クラスメイトたちの愕然とした声が聞こえてくる。

どうしてそんな反応をしているんだ？　そういえば、俺が手をかざした時に水晶が光ったような気が……。

……俺は夢を見ているようだ。

『往生際が悪っ！　ガッツリ光っていたよ!?』

そんなはずはない。

なぜなら、俺は男。能力が非常に発生しづらい性別。無能力者への道が約束されているのだから。

『数こそ少ないけれど、男性でも能力持ちはいるんだから、その中に君も入ったんじゃない？』

そんなわけあるかぁ！　どうして俺に限って……！

やる気満々だったあいつも、無能力者だったんだぞ？　なら、やる気がまったくない俺が能力者であるはずがない。

もう一回だ、もう一回！

俺は再び水晶に手をかざす。

ピカー！

「ぐぉっ、まぶしっ⁉」

「……これほど強い反応は、私も初めてです。すさまじい逸材が現れたようですね。日本も安泰です」

税金泥棒の黒服が呟（つぶや）いている。

安泰？　俺を国家の犬にするつもりか⁉　不敬だろうが‼

『いや、もう諦（あきら）めたら？』

呆れたような声が脳内で響く。

馬鹿（ばか）やろう、この寄生虫が！　そう簡単に人は諦めたらいけないんだよ！　諦めなければ、なんでも前に進むんだ！

『凄くいいことを言っているんだけど、自分が現実から逃げるためにその言葉を使うのはどうかと思う』

必死に頭を巡らせ、どうして水晶が光ったように見えたのかを検証する。

あれだ！　水晶の不具合なんだ！

もう一回やれば、ちゃんと……！

俺は水晶に手をかざす。

ピカー！

「まぶしっ⁉」

……手をかざす。

ピカー！

「まぶっ⁉」

………かざす。

ピカー！

「まっ……⁉」

…………………。

ピカー！

『何回やるの⁉　しつこいよ！　いい加減諦めて、大人しくしろぉ！』

嫌だぁ！　絶対に嫌だぁ！

おかしいよ！　こんなの絶対おかしいよ！

「こ、こら！　何度も水晶を光らせるのは止めなさい！」

学年主任の教師が止めようと近づいてくる。

なんだ⁉　この俺にケチをつけようってか！

「これだけの光、非常に強い能力だろう。間違いなく、学園送りだな」

「っ⁉」

黒服の声が聞こえてくる。

学園……あのクラスメイトが入りたがっていた、能力者だけが集められる場所。俺にとっては、断頭台に向かうようにしか考えられない。

『やったね。受験しなくても、進路が決まったじゃん』

もう志望校に受かってんだよなあああ！

間接的徴兵なんかに屈するか！

俺は自分に視線が集中していることを確認する。とくに、政府の犬どもは俺を捕らえようと近づいてきている。

いまだ！

俺は水晶に手をかざす。

くらえぇ！　目つぶし！

ピカー！

「うわあああああああ！」

「目が、目がああああああああ！」

阿鼻叫喚となっている間に、俺はすぐさま駆け出した。入り口を固めていた黒服だが、強烈な光を浴びたことで目をやられており、簡単に抜け出すことができた。

「に、逃げたぞ！　追えええええ！」

後ろから怒声が聞こえてくるも、俺は止まらない。

止まるんじゃねぇぞ……。

あと、逃げてない！　後ろに向かって進んでいるんだ!!

『それを逃げているって言うんだよなあ』

寄生虫の言葉には耳を貸さず、俺は必死に足を動かすのであった。

先のことは、一切考えず。

◆

「へー。暇つぶしになったくらいの、実のない話だったわ」

「お前が聞いてきたんだろ！」

俺の話を聞いた綺羅子の感想がこれだ。

お前、実がないって……。実しか詰まっていなかっただろ。ギチギチだっただろ。

『現実逃避したっていうだけだしね』

お前も敵か、ブルータス。

『誰？』

「で、俺にだけペラペラ喋らせておいて、自分は何も話さないとかはないよな？　お前、どうやってここまで逃げてきたんだよ」

「……私？」

「な、なんだよ、その目は……」

ジロリと俺を睨む綺羅子。

その迫力に、俺は頬を引きつらせる。

「いや、分かっていたんだけどね。私の家柄とか、性別とかから、特殊能力が発現するっていうことは。だから、色々と準備はしていたんだけど……。でも、強さまでは想定できないわよ……」

綺羅子はそんなことを言って、自分の逃走劇を語り始めるのであった。

◆

私の通っている中学校は、私立のお嬢様学校である。

別に、そういうところに行きたいと私が強く主張したわけではなく、家の方針だ。

男遊びとかをさせないようにという意味かしら？

でも、私の夢は玉の輿。

中学校くらいなら、将来有望なら多少なりとも片鱗を見せているものだ。

その男をあさることができないのは、かなり痛い。

一方で、私の不倶戴天の敵である良人は、普通の共学である。

あいつは毎日厭らしい目で将来有望な女を物色しているのだろう。

許せない。恥ずかしいと思わないの？

あいつの家も相当ゴミだけど、どうしてそういうところだけはあいつに都合のいいようにするのか。

まあ、あっちもかなり名家なんだろうけど、非常に不本意ながら黒蜜家の方が……というところもあるんだけど。

ぶっちゃけ、この実家の力ってマジでいらない。

今まで生きてきて、一度も役に立ったことがないんだけど。

早く家を出たいのだけれど……。

本当、どうやってうまく出ようかしら。

絶対に見合いとかさせられるわよね？

というか、私に言っていないだけで、婚約者とかも決めてそう。

はあ……本当に嫌……。

金持ちの男はいいんだけど、英雄七家みたいな名家が相手だと、気の休まるところが一つもないもの。

昼間は捕まえた男を働かせ、誰の目もない間にダラダラし、ついでに良人の類を札束でペチペチしたいだけの人生なのよ。

名家に嫁いだら、絶対に良人で遊ぶ暇すらないもの。

それは、絶対にＮＧだわ。

そんなことを考えていると、私の通っている中学校に着いてしまう。

ああ、いつも面倒くさい場所だけど、今日は検査もあるからなおさら憂鬱だわ……。

「ごきげんよう、黒蜜様」

「ごきげんよう」

きらっと輝くような笑顔を見せ、静々と頭を下げて挨拶してくる同級生に、私も負けないくらいにこやかに対応する。

……うん、私の方が美人ね！

というか、本当にごきげんようとか挨拶で使う学校があるのね。

お嬢様学校（ガチ）、侮れないわ。

ちなみに、ここにいる奴ら全員清楚も清楚、大和なでしこ全開なので、めちゃくちゃ空気がマズイ。

趣味がお琴とか茶道とか生け花とかである。

正気かしら？

ちなみに、私の趣味は自分より格下を見て優越感に浸ったり、良人をいびって遊んだり、良人にちょっかいをかけたりすること。

うーん、友達なんてできるはずがないわね。

まあ、そもそも必要性なんて感じていないけど。

「あー……ついにこの日が来てしまったわね……」

私は小さく、誰にも聞かれないように本当に小さく呟いた。

今日は、全国の同年代の少年少女が一斉に特殊能力の有無を検査される日である。

私は、この日を本当に待ち望んでいた。嫌な意味で。

ここで特殊能力が発現し、しかも有望だと認められてしまえば、特殊能力開発学園に強制入学させられ、その後は国に雇われて危険な任務に従事することになる。

国家公務員になれることが確定しているから、安定を求める人間にはいいかもしれない。

しかし、特殊能力が強力である以上、お役所で事務仕事をするのではなく、間違いなく最前線で鉄火場に立たされることになる。

世界の大部分を破壊しつくした化け物が跋扈するダンジョンの攻略などもさせられる。

拷問かな？

私は絶対に嫌である。

「とはいえ、絶対に私は特殊能力があるのよね……」

私の家でも、特殊能力の有無を調べる水晶を手配することができる。

そのくらいはできるほどの特権階級だ。

でも、私は何かと理由をつけてそれを調べることを避けていた。

正直に言えば、怖かったのである。

そこで水晶が強く光り輝けば、もはや私は逃げ出すことができない。

レッツ強制入学である。

それは恐ろしい。とてつもなく。

私みたいなか弱い美少女は、ダンジョンで化け物と殴り合いなんてできないのだ。

ただ、間違いなく私には特殊能力が備わっているだろう。

特殊能力の発現にはよく分かっていないことが多いが、やはり遺伝というものはあるだろう。

黒蜜家はほとんどが特殊能力者だから、その血を嫌々ながら引き継いでいる私も持っていると考えるのが妥当だ。

「……まったく持っていないと、それはそれでちょっと困るんだけどさ」

無能力者ということになると、『黒蜜家に相応しくない！』とか言われそう。

それで放逐してくるだけなら全然いいし、むしろウェルカムなのだが、命まで奪われそうだから困る。

だから、ベストな結果は、特殊能力は発現するも、学園に強制徴集されるほど強力ではないという感じだ。

というか、それ以外に私が普通に生活できる結果はない。

なんとかしなさいよ、神……！

「……あいつはどうしているかしら」

ふと頭をよぎったのは、ゴミクズ虫である良人だ。

あいつも、今頃は検査を受けていることだろう。

あいつの家も大概だから、特殊能力が発現してもおかしくないのだが……。

なぜだか知らないけど、特殊能力者は多くが女である。

……まさかとは思うけど、あいつは特殊能力を持っていないとか、そんな展開になるんじゃないでしょうね？

だとしたら、私は本格的に存在するかもしれない神を殺さなければならない。

私はダンジョンに潜らされ、危険極まりない命がけの戦いをするのに、良人が安全地帯からこちらをあざ笑うようなことは、断じて許されないのだ。

「まあ、たぶんあいつは持っているでしょうけど」

あの男に都合がいいように、この世界は動かないのである。

絶対に特殊能力とかいらないと思っているから、たぶん与えられるでしょうね。

そういう星の下に生まれてきているような男だし。

本当、強力な特殊能力が良人に発現してくれないかしら。

学園でもだえ苦しむあいつを、遠くから見て笑いたい。

「黒蜜様、一緒に体育館に行きましょう？」

「ええ」

声をかけてきたクラスメイト（名前は憶えていない）に、にっこりと笑い返す。

あっぶねー。

良人のことボロクソにしているさまを妄想して、げひひと笑っていたから、清楚スマイルが間に合わなくなるところだった。

さすがにゲス顔を見せるわけにはいかないものね。

私はそんなことを考えつつ、体育館に向かった。

そこでは、すでに大勢の人が集まって検査が始まっていた。

女しかいない学び舎だから、ちょくちょく水晶が光っていた。

おそらく、共学よりも光る頻度は多いだろう。

男はほとんど特殊能力が発現しないらしいから。

……やっぱり、おかしいわよね？

ここで男女差別？

許せないわ……。

「きゃっ！　光った！」

「私も！　でも、あんまり光は強くないから、学園に呼ばれることはなさそう」

「強い光を出した子たちって、凄いわよね。この国を守っていく英雄だわ」

「そうですね。私たちの代わりに頑張ってくれるのだから、全力で精いっぱい応援しましょう」

そんな会話が聞こえてくる。

彼女たちは、特殊能力が発現しているものの、学園に徴集されるほど強力なものではなかったらしい。

羨ましすぎる。

私の求める未来予想図が、そこにあった。

「はあ、緊張しますわ。黒蜜様も緊張されますか？」

そう言って声をかけてくるクラスメイト。

もちろん、緊張はしているが、それは彼女とはまったく別のものである。

私は、強力ではない特殊能力がちゃんと発現してくれるかで、緊張しているのである。

天と世界に愛されるべき私だから、おそらくは大丈夫だとは思うのだけれど……。

そんな考えをまったく見せずに、笑みを浮かべる。

「もちろん。ただ、これには成功も失敗もありませんから、気楽にいくべきだと思いますよ」

「はー……確かにそうですね。でも、黒蜜様は何も心配される必要はありませんよ。何せ、あの黒蜜家のご令嬢なのですから！」

「そ、そうですね……」

だから心配なんだよ、このクソガキ……！

特殊能力が発現しなくても地獄。

発現しても一定以上強力だと地獄。

めちゃくちゃ難しいのである。

調整できるのであれば、私はかなり厳しい戦いを強いられていたことだろう。

いい塩梅(あんばい)でなんとかなってちょうだい……！

「ただ、私の力でお家を大きくしたわけではないので、あまり言わないでいただけると嬉しいですわ……。私は、私の力で、この国や皆さんのために頑張りたいんです！」

「黒蜜様……！　私、感動しました！　余計なことを申し上げてしまい、申し訳ありません。私も同じ気持ちで、頑張ります！」

「ええ、一緒に頑張りましょう」

あ、心にもないことを適当にベラベラ喋っていたので、自分が何を話していたのか記憶がない。

ただ、クラスメイトがなんだか感動したように目を潤ませて私の手を握ってくるので、ヨシとしよう。

あ、触らないでくれるかしら？

人肌、ＮＧなの。

「次、黒蜜　綺羅子さん」

「はい」

呼び出されてしまったので、嫌々前に出る。

もちろん、表情にはそういう感情は出さない。

今の時代、強い特殊能力を出して学園に入学し、ダンジョンに潜って危険な魔物を討伐することこそが、日本国民の責務のような感じになっているからだ。

うーん、ゴミみたいな風潮。

私以外がそうしてくれるのは全然いいけど、私を巻き込まないでくれるかしら。

マジで迷惑だから。

「では、水晶に手をのせて」

「はい……」

心臓がバクバクと強く鳴り響く。

ふー、ふー。大丈夫、大丈夫。

私にとって都合のいい結果になる。絶対になる。

というか、ならない方がおかしい。

ならなかったら世界を滅ぼす。というか滅べ。

「……よし！」

そんなことを考えながら、ついに決心した私は、水晶に手をのせた。

瞬間である。

けたたましい轟音(ごうおん)を鳴り響かせながら、爆炎が吹き上がったのである。

「………………」

え、ナニコレ？

「きゃああああああ!?」

「こ、これはいったい……!?」

「こんなことは初めてだ！　水晶から、火柱が……!!」

「――――」

何か周りがギャアギャアと騒いでいるが、私は水晶からいまだに立ち上る炎を呆然(ぼうぜん)と見上げていた。

……いや、本当に何これ？

どういう……どういう……？

何があったら、特殊能力の有無を確認するだけの水晶から、爆炎が吹き上がるの？

おかしいわよね？　色々と、全部がおかしいわよね？

「く、黒蜜、様……」

呆然と私を見る愚か者ども。

唖然（あぜん）としたいのはこっちなのよ。

さて、どうするか。

私は適度な力の特殊能力を発現したいと思っていたのに、明らかに異常な反応を見せた水晶。

あれ、絶対に超強い特殊能力よね？

となれば、行く先は学園ただ一つ。

行きたくない……！　ダンジョンで化け物と殺し合いなんてしたくない……！

そうすると、私のやるべきことは一つしかない。

「きゃ、きゃー」

「黒蜜様!?　どちらへ!?」

棒読みで悲鳴を上げる。

とりあえず、目の前の現象を処理できずに逃げてしまった、という印象だけは与えておく。

決して学園に行くのが嫌で逃げたと思われないように。

ど、どうしよう!?

とりあえず、雲隠れして……あとは、良人になんとかさせましょう！

私はそんなことを考えながら、体育館を飛び出したのであった。

◆

「というのが、私の体験したとんでもなく壮絶な出来事よ……」

神妙な顔をしてバカみたいなことを言う綺羅子。

可哀想に……頭がもう……。

「何お前の特殊能力……。こわ……」

「私が一番怖いわよ！」

なんだよ、爆炎が吹き上がる水晶って。

初めて聞いたわ。もうバケモンじゃん。

「というか、なんだ最後のモノローグは。何俺に全部やらせようとしてんの？　するわけないじゃん」

「しなさい。したくないとかやりたくないとかじゃなくて、するのよ。分かるかしら？」

「なんにも分からん」

噛みついてくる綺羅子！

何してんだこいつ!?　ありえねえ！

必死にいなし続けるが、いくつか噛まれてしまう。

く、首は止めろ……。

生物にとっての弱点を、一目散に狙うな……。

「で、どうするの？　私はニュースにもなっていないから、県をまたいで金持ちの男を捕まえて養ってもらうつもりだけど」

「アバズレめ……」

ふふんと胸を張る綺羅子。

ないぞ、胸が。

ぺったんこだぞ、胸が。

断崖絶壁だぞ、胸が。

『というか、凄く今更の疑問なんだけど、聞いてもいい？』

さて、これからどうするべきかと頭を悩ませていると、寄生虫が声をかけてくる。

ダメ。さて、どうするか……。

『えっ!?　そんな雑な拒否の仕方ある!?　もうちょっと気を遣ってよ！』

あまりにもバカげたことを言う寄生虫に、俺は唖然としてしまう。

ふざけんな。いきなり頭に住み着いてきた寄生虫に、なんで気を遣うんだよ。

そもそも、俺は自分の評判を守ることに気を遣うので精いっぱいである。

余裕はないのだ。

『僕からの評判は守れるよ？』

で、それにいったいなんのメリットが……？

もちろん、俺は人を見て態度を変える。

当たり前だ。誰にでも同じようにふるまう奴なんて、逆におかしい。

年寄りと若者と同じ対応をするか？　家族と赤の他人と同じように扱うか？

そういうことである。

ちなみに、俺にとって人を見る基準は、俺の役に立つか否かである。

役に立ちそうな奴には丁寧に対応するし、そうでないバカな奴らには適当に対応する。

そして、この寄生虫は断然後者だった。

お前に気に入られたとしても、何もいいことないじゃん。

だから、俺はお前にまったく気を遣わないし、さっさと出て行って野垂れ死んでほしい。

最近、俺はヒモになりたいという究極命題よりも、そっちの方の夢が叶ってほしいと思っているくらいである。

『え、そんなに……。そこまで嫌われると、さすがにショックなんだけど……』

……逆に、好きになれる要素を教えてくれよ……。

何もないだろ、マジで。

お前、考えたことある？

ずっと頭の中でペラペラ喋られ、自分以外の異物が住んでいる状況って、かなりストレスなんだぞ？

『えと……さっき君も言っていたけど、そのヒモっていう奴なんだよ』

なんだよ。

俺の完璧にして素晴らしい夢に、何か文句でもあるのか？

『いや、ヒモになりたいって、どういう人生を送ってきたらそうなるんだろうって思って』

今、俺のことめちゃくちゃディスったよな？

マジで一度でいいから顔を見せてほしい。ぶん殴りたい。

『そう言われて顔を見せるつもりは毛頭ないんだけどね……。ところで、理由は？』

改めてそう言われると、俺は少し首をひねる。

いや、理由と言われてもな……。

もちろん、崇高にして最高の理由がある。

しかし、それは割と当たり前というか、いちいち他人から言われなければ分からないことなのかとも思う。

『そ、それは……？』

ゴクリと喉を鳴らす寄生虫に、俺はキラキラと輝く目を披露しながら宣言した。

――――働かないで、生きていきたい。

俺の、そして綺羅子の頭の中にあるのは、それだけだ。

『…………は？』

寄生虫が恐ろしい声を発する。

お、お前……。

今まで嫌々ではあるが数年一緒にいたが、ここまでド迫力の声は聞いたことがないぞ。

もうドスまで利いているじゃねえか……。

『いや、あまりにもゴミムシな思想だったからつい……』

ご、ゴミムシ……？

いや、というか別に悪いことを言っているわけじゃないよな？

犯罪を画策しているわけでもないじゃん。

ただ、楽して生きていきたいって言っているだけで。

『納税をしないのは悪いことでは？』

俺の代わりに養ってくれる女が納税するからセーフ。

俺の完璧理論。

自分で自分が恐ろしい。

『というか、君と綺羅子両方とも同じようなことを考えて、ここまで完璧な演技をしているの？

どれほど天文学的な確率なんだろう……。幼なじみ二人ともがクズで、ヒモ希望で、むかつくことに美形で、演技力がずば抜けているというのが組み合わさっているのは……』

まあ、確かに俺は美形だけれども……。

『自分に都合のいいところしか聞こえない耳って羨ましすぎる』

しかし、幼なじみ……しかも、遺憾なことに家同士のつながりが深いところに、あんな化け物が生まれてしまったのは、本当に最悪である。

神がいたとしたら、間違いなく無能だな。

どう考えても、俺と綺羅子を近くに置いたらダメだろ。

水と油だぞ。

『ヒモとか、そんなことを考えるようになったきっかけってあるの？　ゴミみたいな夢でも、何かきっかけはあると思うけど……。ゴミだけど』

何回ゴミって言うんだ、このゴミ。

崇高にして偉大な夢だろうが！

しかし、きっかけか。なんだろうな……。

物心ついた時から、楽して生きていきたいとしか思ったことがなかったから……。

労働は大変だっていうことは分かっていたから、それをやりたくない。

やらないためにはどうすればいいか。

親に寄生し続けるという選択肢もあるが、俺の親ゴミだから無理だし。

そもそも、世間体も悪いしな。

実家暮らしというだけでも、叩かれるようなところがあるし。

だから、家を出るというのは絶対条件だが、自分で働いて生きていくつもりはなかったから、他人を働かせるしかないだろ？

そんな感じじゃないか。

『生まれながらのクズ……!?　そんな人間、存在したのか……』

言いたい放題止めろや！

そこまで寄生虫に話して、ふと思う。

そういえば、綺羅子はどうして同じようにヒモになろうとしているのだろうか？

聞いたことがなかったな。

どうせろくでもないことしか言わないだろうし、鬱陶しいから。

「……え、何をジロジロ見てきてんの？　キモイんだけど。スケベな目で見ないでくれるかしら？」

自分の身体を守るように身をひねり、胸の辺りを腕で隠す綺羅子。

自意識過剰も甚だしい。

なんだこのブス。

「は？　ごめん。お前をそんな目で見たことは一度もないわ。というか、他人をそんな目で見たことと、人生で一度もない」

『邪悪な仙人……？』

性欲を完全に支配できている素晴らしい人間に対して、邪悪とはなんだ。

まあ、俺の人格は仙人以上にできている立派なものではあるが。

「いや、お前ってなんでヒモになりたいのかと思ってな」

「ヒモじゃないわ。玉の輿よ」

「言い方変えただけで、俺とやろうとしていること一緒じゃねえか」

尋ねれば、速行答えが返ってくる。

玉の輿か……。

結局俺も養ってもらおうとしているのだから、金持ちの女を捕まえる必要があるんだよな。

となると、俺も玉の輿を狙っていくということになるのか。

そう考えると、やっぱり特殊能力開発学園なんかに行っている暇なんてねえわ。

高校生の時間は、とても有意義に活用する必要がある。

バカな金持ちの女が、もしかしたら高校生好きかもしれん。

それをたらし込むには、やはり高校生の間になんとかする必要があるからだ。

……まあ、バカは困るんだけどな。

凋落(ちょうらく)されたら、俺も一緒に落ちることになるし。

「と言ってもねえ……。楽して生きていきたいって思っているのが大きいけど……」

『クズだ……』

おい、止めろ。

同じようなことを考えている俺もクズということになるだろうが。

まったく……普通の夢を語ってクズと言われるなんて、どうかしているぜ。

プロ野球選手、パイロット、医者、ヒモ。

子供の夢の主要なものの一つだというのに。

『そんなわけねえだろ』

「でも、それよりも大きな理由があるわ」

「え、マジ？　なんだよ」

他にも理由があるのか？

逆に俺はないから、どんなものがあるのか気になる。

そんな俺を、綺羅子はあざ笑いながら見下した。

「私が玉の輿で、働かずに楽しく人生を謳歌しているとき、うまく思い通りにできずにもだえ苦しんでいる良人を見て、大笑いするためよ」

なんだこいつ……。

どうやったらこんな化け物が生まれるんだ……？

な？　俺よりクズだろ、こいつ。

『うわぁ……お似合いだぁ……』

殺すぞ。

誰と誰がお似合いだ、クソゴミムシ。

これ以上話をしていてもイラつくだけなので、思考を切り替える。

この事態を収束させる方法である。

無論、こんな文明的なものが何もない場所で暮らすつもりはないし、不自由な逃亡生活を続けるつもりもない。

いずれ戻らなければならない。

とはいえ、ひょっこり顔を出せば、ただ逃げ出した奴というマイナスでしかないレッテルをはられるだろうし、そもそも学園に放り込まれるだろうからそれはできない。

いい方法を考える必要がある。

しかし、どうやって言い訳をするか。

もちろん、山奥なんてところで自給自足生活なんてするつもりはない。人間らしい生活とは、他人に働かせて自分に貢がせることである。俺一人で俺のために生きていくのではなく、他人が俺のために生きていくべきなのである。

『独裁者なんて目じゃないね！』

独裁者なんてしょぼい連中と一緒にされても困る。

『その自己評価はどうなの……？』

さて、理由だ。俺があの時、逃げ出した理由。

うーん……。

俺はじっと綺羅子を見る。

……おい、嫌そうな顔をするな。

そんな時、ふと思いいたる。

「脅迫されていた、とか……？」

「ど、どうして私を凝視しているのかしら……？　ちょっと……私に全部押し付けるつもりじゃないでしょうね⁉」

たとえば。

そう、俺自身の考えではなく、誰かから強要されていたのだとしたら。俺の演技力も合わされば、悲劇の被害者になることができるのではないか？

『冷静に他人にすべて押し付けようとしているところがえぐい』

賢いと言え。

ちょうどいいところに生贄がいる。

ヨシ！

『そんな元気に納得するところかな⁉』

「おい、いたか⁉」

「ここに逃げ込んだのは確かなんだ。絶対にいるはずだ。徹底的に探せ！」

綺羅子を捕らえようとしたところで、そんな怒鳴り声が聞こえてきたものだから、身体が跳ね上がる。

ば、バカな……！　もう見つかったというのか⁉

『まあ、そんな距離離れていないしね。君、体力ないし』

必要ないからね。些事は全部他人にやらせればいいだけだし。

「あー、もうダメみたいね。全部あなた目当ての男たちよ。むくつけき男たちのわっしょい祭りだわ」

「どういう意味？」

くっくっくと笑う綺羅子。嗜虐（しぎゃく）に満ちた笑みは、邪悪以外のなにものでもない。生贄にされないと分かったからか、訳の分からないことも言い出しているし。

「ま、とにかくあなた目当てなんだから、さっさとどこかに行きなさいよ。私に迷惑がかかるでしょ」

「ああ、そうだな……」

「あら、珍しく聞き分けがいいわね。よしよし、いい子いい子。今みたいなら、私が適当な男に養ってもらいつつ、あなたを飼ってあげてもいいわよ」

頷く俺の頭を撫（な）でてくる綺羅子。

俺をペットだと思っているのはどうなの？

お前がペットになるんだよ！

『倒錯したカップルかな？』

「いや、その必要はない。お前にそんな未来はないからだ」

「は？」

がっしりと細い腕を掴むと、何すんだとばかりに睨みつけてくる。

そうだ、お前が幸せになる未来はありえない。なぜなら、ことごとく俺が邪魔するからだ。

『誇らしげに宣言するところじゃないよね？』

寄生虫の言葉には耳を貸さず、俺は綺羅子の腕を引っ張って転ばせる。

「てい」

「わっひゃあっ!?」

ぶほぉっ!?　わっひゃあって！　わっひゃあって！

おひょひょひょひょ!!

『君の笑い方って悪魔そのものだよね』

もちろん、綺羅子が怪我（けが）をしないように転がしている。

地面は腐葉土のため、軟らかい。

まあ、サラサラの触り心地がいい黒髪に葉っぱなどがついているが、とくに気にしない。俺は被害を受けていないから。

「おい、こっちから声がしたぞ！」

「急げ!!」

声が近づいてくる。

そんな状況にありながらも、俺は笑みが消えない。

そこで、ようやく綺羅子は理解したようだ。

自分が、囮（おとり）として使われることに。

「き、貴様（きさま）……！　なんてことを……!?」

「このまま注意を引き、捕まれ。その間に、俺は逃げる」

「はあああああ!?」

大絶叫。だが、圧倒的優位は俺にある。

もちろん、この女が大人しく捕まるとは思わない。

その際には、俺のことも密告するだろう。

だから、さっさとこの場を去らせてもらおう。

「そんなふざけたこと、この私が認めるはずが……!」

「さらばだ。運動音痴よ」

俺は満面の笑みを浮かべ、尻もちをつく綺羅子を見放した。

俺のイケメン及び演技力があれば、適当な女をだまくらかして、なんとなく生きていくことができるだろう。

俺の未来は明るい。

『ヒモになる前提の明るさはどうなの?』

さてと、じゃあ俺はこの辺で……。

そう思って足を踏み出した時だった。

「とうっ」

「ぶべっ!?」

脚をひっかけられ、顔面から地面にダイブした。

……何してんの、こいつ?

むくりと身体を起こす。

俺の頭に浮かんでいるのは、純然たる怒りだ。清々（すがすが）しいまでの憤怒の炎が燃え盛る。

「……ねえ？　何してくれてんの？」

怒りに震えながら尋ねれば、なぜか綺羅子もブチ切れている。

どうして……？

「……それはこっちのセリフなんだけど？　あなた、私を完全に囮に使おうとしたわね？」

「二人一緒に死ぬより、どちらかが犠牲になって一方が生き残る方がいいよね？　最大多数の最大幸福だよね？　分からないの？」

『たぶん意味が間違っていると思う』

違わない。この世に生まれたすべての生物は、俺に利用されることこそが至上の幸せである。

「私が不幸になってあなたが幸福になるくらいだったら、諸共（もろとも）地獄に堕（お）ちるわ」

「覚悟完了しすぎ！」

なんで俺が地獄に堕ちなければいけないんだ！　どう考えても天国行きだろうが！

そんなことを考えていれば、時間も過ぎる。そもそも、追っ手の声が聞こえてから逃げようとしていたのに、こんなところで時間を食ったために……。

「いたぞ、ターゲットだ！」

山なのに黒服革靴というとてつもなく動きづらそうな格好で現れる政府の家畜ども。

ターゲットって……暗殺の目標みたいなこと言ってんな。

綺羅子をヤるんですね、分かります。

「ん、もう一人は……」

「……もう一人も捜索願が出ているな。どうして二人でいるのかは分からんが、一石二鳥だ」

綺羅子も逃げ出していたんだったな。

現実から逃げるな。

俺たちが二人でいることに気づいた黒服たちは、どこか納得したように頷いた。

「ああ、そういう関係なのかな?」

「違います」

「違います」

『息ぴったりじゃん……』

俺と綺羅子は、心底嫌そうな顔をしていた。

自分の顔は分からないが、おそらくそうだろう。

駆け落ちでもしたと思われたのだろうが、そんなことは万が一にもありえない。こいつと添い遂げるくらいだったら男色になる……。

「いきなり特殊能力があると言われて、混乱したことは分かる。だけど、このまま逃げても、君たち自身にいい結果をもたらさない。大人しく戻りなさい。子供のわがままに、いつまでも大人を付き合わせてはいけないよ」

黒服の男が、一歩前に出て言う。

まるで、大人が子供を諭すような言いぶりだ。

上から目線腹立つわぁ……。

『いや、実際君は子供であっちは大人じゃん』

精神は誰よりも大人だから。

『ジョークかな？』

さて、黒服に囲まれてしまった以上、もはやどうすることもできない。

この状況から逃げる？　物理的に不可能だ。

俺が特殊能力持ちということもあって、それを捕らえようとするこいつらもそうだろう。少し前に目覚めたばかりで、そもそも自分の能力が分かっていない俺と、能力を十全に理解して鍛え上げてきた軍人。

うん、勝てない！

そもそも、能力を使われなくても押さえ込まれる自信がある。ならば、ここは少しでも自分の評価を上げることを考えよう。

駆け落ちでこれだけの大騒ぎを起こしたのだということになれば、良くない傾向だ。若気の至りとして微笑ましく見てくれるかもしれないが、それは多くの人を巻き込んだ理由にはならない。

『本当はもっと利己的で、ただ現実逃避したっていう理由なんだけどね』

言わなければ誰も知らないからセーフ。

ここで、俺がとるべき起死回生の一手とは……！

「すみません。でも、俺は彼女が逃げたいと言うんだったら……彼女の意思を尊重し、手助けしたかったんです……っ！」

「⁉」

俺はほろりと涙を流す。

愕然と俺を見るのは綺羅子だ。

顔を手で覆い……綺羅子にだけ分かるように口角を上げる。

分かるかね？　これがさえた男の素晴らしいアイディアだよ。

『うわっ！　自分のために逃げたんじゃないアピールだ！　全部の責任を綺羅子に押し付ける気だね！』

ふっ、天才的だろ？

「ああ、そういう理由で……」

「ち、ちがっ……！」

顔を真っ青にして、納得してくれた黒服に詰め寄ろうとする綺羅子。

だが、そうはさせん。

ずっと俺のターンだ。

「何が違うんだい、綺羅子。どうしたって言うんだい、綺羅子」

「～～～っ‼」

今度は顔を真っ赤にして、俺を睨みつけてくる。

さ、殺意が満ち溢れている……。

いったいどうして……怖い……。

『あんまり煽(あお)っていると、背中を刺されるよ』

寄生虫の忠告を受けるが、なんら問題ない。

大丈夫。こいつに人を刺す勇気はないから。

『嫌な信頼だ』

殺人とまではいかずとも、誰かを傷つけるという行為は、現代社会においてそれなりの責任を背負わされる。

そして、俺たちはその責任というものが大嫌いだ。

だから、その心配はない。

「殺す殺す殺す殺す殺す殺す殺す殺す……」

……ないはずだ。

「お互いのことを思っているのであれば、なおさらだ。大人しく戻ってきてくれれば、手荒な真似はしない。君は数少ない、男の能力発現者なのだから」

気づかわし気に声をかけてくる。

クソ……！　なんとかならないか……!?

俺の評価は、すべての責任を綺羅子に押し付けることに成功したから、落ちることはないだろう。

まあ、若気の至りという奴でいけるはずだ。

「…………」

俺は先ほどから黙っている綺羅子に視線を向ける。

なあ、綺羅子……痛い痛い痛い痛い。俺のケツをつねるな。

ここぞとばかりに復讐してきやがる、この女……！

「くっ……！」

しかし、学園には絶対に入りたくない。

間接的徴兵とかごめんである。

将来、国家公務員になって他人のために化け物と命がけの戦いを強要されることになるのだから。

地獄である。

自分のためでも命を懸けるのは躊躇するのに、それが他人のためとかもはや意味が分からん。

なんとかしなければぁ……！

「ねえ、もう話をしても仕方ないでしょ。さっさと終わらせたらいいじゃないの」

俺が必死に頭を回転させていると、別の黒服の女が一歩前に出てきた。先ほどから俺たちに声をかけている奴とは違って、どうにも粗雑な印象を与える。

そして、明らかに面倒くさそうだ。

「おい、そんな乱暴な話があるか」

「でも、こいつは戻る気なんてないでしょ。あたしたちはそれを無理やり連れ帰るのが任務。これ以上、ガキのわがままに時間を使いたくないのよ」

苦言を呈されているが、頭をガリガリとかいて吐き捨てるように言う女。

なんだこの性悪ブス。俺に喧嘩を売っているのか？

俺だってお前らみたいな税金泥棒と会話する時間が無駄だわ。

『怒りの導火線みじかっ。でも、君があっちの立場だったら？』

たかだか十年ちょっとしか生きていないクソガキが俺に迷惑をかけるなんて許さん。それが恋だの愛だのくだらない理由によるものだとしたら、なおさら万死に値する。

『うーん、このダブルスタンダード……』

俺が思うのはいいが、他人が俺に思うのは許さん。

とりあえず、相手が少しでも嫌な気持ちになるようにしよう……と思っていたら、先に綺羅子がブチ切れていた。

「今の話し方を聞いてれば、ガキはどちらかと思いますけどね」

『そして、こっちの女の子も導火線みじかっ』

「……は？　馬鹿にしてんの？　あんたは女だから、優しくしてあげようと思っていたのに」

ギロリと睨みつけてくる女。彼女も特殊能力持ちで、しかも荒事に対する経験や訓練も積んでいるだろう。

なので、迫力が凄い。超怖い。

それを感じ取ったのか、綺羅子は……。

（それはお願いしたいわね）

みたいなことを考えてそう。

だが、ダメです。君は俺よりもひどい目に遭わなければならない義務があります。

「はー。やっぱり、駆け落ちなんてするガキンチョは、男でも女でもバカなのよね」

「相手がいないひがみですか？」

『自分がバカにされたら数倍にして返さないと気が済まないタイプだよね、君たち』

俺がニッコリ笑って言えば、うつむいて動かなくなる。

やれやれ、また勝ってしまったか。敗北を知りたい。

……と思っていたら、女は顔を上げる。

……お目目、血走っておられますよ？

「あー……もういいわ。さっさと死ね」

「ふぁっ⁉」

唐突に女から火球が放たれた。

何それ魔法⁉　う、撃ってきやがった⁉

いきなりどうして⁉

『それはひょっとしてギャグで言っているの？』

非常に焦っていると、綺羅子が腕にしがみついてきた。

硬いっす。柔らかさが皆無っす。

（ちょおおおおおっ⁉　なんとかしなさいよ！　あれ、凄く痛そうなんだけど！）

（お前が煽ったんだろ！　お前がなんとかしろ！）

（止めを刺したのはあなたよ！）

周りから見えないように押し付け合い。どちらかを前面に押し出そうとするが、周りの目を気にしてうまくいかない。

ちょっ、もう目の前に来てる来てる来てる来てる！

ああああああああああああ!!

◆

「ま、待————！」

とっさに同僚の女を止めようとするが、間に合わない。人の大きさほどの火球が、二人の少年少女に向かって放たれた。

彼らは、ある程度の荒事を許容される。

たとえば、警察は一発の銃弾を撃つだけで大変なことになる。ニュースにもなるし、始末書などでかなりの時間を費やすことになるだろう。

だが、彼らは違う。

国家の管理を離れた特殊能力者というのは、危険だ。超常現象も引き起こすことのできる特殊能力者は、説得だけではどうにもできないこともある。

それゆえに、対象が反抗的であったり抵抗した場合は、自身の特殊能力を行使することができる。

（だが、相手は子供だぞ！）

相手はまだ高校にも入学していない子供だ。

確かに、反抗的な部分は見受けられたが、自分たちの欲望をありのままに吐き出すような危険人物でないことは、会話をしていて明らかだった。

駆け落ちというのは自分勝手な行為と言えるだろうが、しかしそれはお互いを想い合っていたがゆえのこと。

男は、二人に対して好感を覚えていた。

そんな二人に対し、同僚の女は危険な特殊能力による攻撃を行ったのである。ヘタをすれば、致命傷になりかねない危険な攻撃を、だ。

確かに、あの二人には特殊能力があることは確認されている。

だが、一度もそれを行使していないのだ。自分の特殊能力がなんなのかすら、理解できていないだろう。

そんな無知な子供たちに、訓練を受けた特殊能力者が攻撃を仕掛けるのは、明らかに過剰だった。

「逃げ――――!?」

無駄だろう。

どれだけ声を張り上げても、この攻撃から彼らを救うことはできない。それが分かっていて、なお男は忠告をしようとした。

見れば、彼らは代わる代わる前に出ようとしている。

それは、どういうことか？

（ま、まさか、お互いがお互いの盾になろうとして……！）

相手を思いやるがゆえに、たとえ自分が傷ついて命を落とそうとも、相手を守ろうとするのだ。

これが、どれほど尊いことか。

子供なのに……いや、純粋な子供だからこそだろうか？

とにかく、男はそんな二人の利他行為に感動した。

そんな彼らが傷つくことが、許せなかった。

しかし、無情にも凶悪な火球が二人に迫り、そして……。

「――――は？」

その火球が、かき消えたのである。

焼死体とまではいかなくとも、大やけどを負うのは間違いないような攻撃だった。だというのに、一歩前に出た少年――良人が、手をかざして無傷で立っていた。

その後ろにいる少女――綺羅子も無事だ。

同僚の女が自省して攻撃をキャンセルしたのか？

そう思って彼女を見るも、彼女こそ呆然としていた。その様子から、女が自分の意思で攻撃を消したのではないことが分かった。

だとしたら……。

「これが、彼の特殊能力か……!?」

これだけでは詳細は分からないが、鍛えられた女の攻撃を無力化した。

攻撃の無力化。

それは、非常に強力な特殊能力となる。

そんな力を、男が使える。これは、非常に珍しいことだった。

「なっ……!?」

驚愕はそれだけにとどまらない。良人の後ろに隠れていた綺羅子が、身体をさらした。

そして、手を掲げる。

すると、そこに赤い力の奔流が溢れ出したではないか。それは徐々に形作られていき、最終的には男もよく知る武器になった。

「や、槍……?」

それは、真っ赤な槍だった。

目に毒なほど、赤々しく、毒々しい。

初めて使うはずなのに、最初から力の使い方が分かっていたように、綺羅子は槍を一回りさせる。

そして、次の瞬間、深紅の槍が投擲された。それは男たちの前の地面に突き刺さり……すさまじい爆発を引き起こした。

男の記憶にあるのは、そこまでである。宙を飛びながら、浮遊感を味わいつつ意識を飛ばすのであった。

◆

俺と綺羅子。

二人して、目の前の惨状を見る。

地形が変わり、倒れ伏す黒服たち。特殊能力を行使する敵とも戦えるほど鍛えられた国家公務員が、倒れている。

そう、それをなしたのが、俺の後ろで呆然と突っ立っている綺羅子である。

俺たちはスッとお互いを見た。

……え、何この空気？

なんとも言えない空間が広がる。とりあえず、この状況を打破するため、俺は彼女に現実を告げた。

「お前殺人犯だな」

「!?」

第2部　ダンジョンへ

ある日突然、世界各地にダンジョンと称される洞穴が現れた。

前触れもなく現れたそれは、七つ。日本、アメリカ、中国、欧州、オーストラリア、インド、ブラジルに出現。

世界中に点在するように現れたそこから、異形の化け物たちが溢れ出す。ファンタジーゲームに出てくるような、そんな化け物たちだ。

突如として国家の中枢に現れた異形の軍勢に対し、もちろん人類は迎撃した。

だが、先手は向こうにあり、また個々の能力は人類をはるかに凌駕していた。軍隊も先制攻撃を受ければ、まともに機能しなくなる。

世界の多くが蹂躙（じゅうりん）され、人類の数は大幅に減少。

ダンジョンに化け物を追い返すことができなくなり、人が住めなくなった地域も広大な範囲に及ぶ。

結局、うまく化け物を追い落とし生き残った国が、今日の大国となっている。

その中の一つが、日本である。

ただし、甚大な被害を受けたのも事実である。

その化け物との戦争中には、多くの人々が特殊能力を発現。特殊能力を使って化け物を倒す機会が多かったことから、特殊能力の発現、向上は生き残った国にとって責務であった。

そして、日本では『日本特殊能力開発学園』という教育機関を設立し、中学卒業間近の若い少年少女に検査を受けさせ、適性がある者は強制入学させ、国家を支える人材を育てることにした。

ダンジョンという脅威に備え、戦わせるために。

『長い現実逃避をありがとう。ところで、早く入れば？』

嫌だあああああ！　どおしてだよおおおおお！

俺は寄生虫の言葉に発狂する。

もちろん、内心で。

だって、俺はあの脱走劇のせいで、四六時中監視の目があるからだ。

税金泥棒どもめ……！　もっと別の仕事をして俺に還元しろよ……！

「はあ……」

俺の前にそびえたつ大きな建物。それこそが、『日本特殊能力開発学園』。

多額の税金を投入して作られた、強制収容所である。

『君は数秒ごとに毒を吐かないと死んじゃう生き物なの？』

事実じゃん。

特殊能力に適性があったら強制的に入学させられるんだから、強制収容所じゃん。

で、卒業後も公務員しかないし、職業選択の自由もないじゃん。

クソじゃん？

あー、マジで行きたくない。俺にとって、刑務所に入るのと大して変わらない心持ちだ。

『……っていうか、いくらなんでも悩むの長いよ！　もう一時間もじもじしているよ！』

何時間あっても覚悟は決まらない。

下に落ちる覚悟なんてできない。

俺は常に上を見ている男だから。

『格好いいこと言っているけど、結局入学したくないってだけだよね？』

「おーい、何してんだ、そんなとこで。警察に通報してほしいのか？」

学園の中から声をかけられる。近づいてきたのは、白髪を二つ結びにして前に垂らしている女だ。

小柄だから、学生だろうか？

ただ、制服じゃないんだよな……。

あと、胸が不自然に大きいから、ガキではないのだろうか？　目の隈（くま）も凄いし、擦（す）れている感じがえぐい。

……チャンスでは？

「えーと……不審者ってわけじゃないんですが。ただ、不快な思いをさせてしまったようなので、反省して帰ります」

『他人を言い訳にして逃げ出した！』

かーっ！　本当は俺も勉強して日本のために働きたいんだけどなー！

でも、不審者って思われている中で学園に入るのもダメだと思うしなー！　残念だなー！

かーっ！

「おいおい、お前みたいな有名人を、簡単に逃がせるわけないだろぉ？　面倒くさいことはしてくれるな。あたしの仕事が増えることもな」

「がっ⁉」

頭にとてつもなく強い衝撃が⁉

見れば、近づいてきていたクソ女が拳を固めているではないか。

な、殴りやがった⁉

この俺の英知が詰まった頭を⁉

こいつ、仏像に唾を吐ける女だ！

『自分のことを仏レベルだと認識している自己評価の高さがやばい』

「この学園の教師をしている浦住だぁ。最低三年間、よろしくなぁ」

じっとりと睨んでいれば、自己紹介してくる女――浦住。

……教師？　薬物中毒者じゃなくて？

『た、確かに目の隈とか凄いけど、それだけで薬中扱いはひどい……』

「じゃあ、俺はちょっとトイレ行ってから……」

こんなバイオレンスロリと一緒にいられるか！　俺は帰らせてもらうぜ！

「うるせー。さっさと行くぞぉ」

しかし、浦住は俺の首根っこを掴むと、ズリズリと引きずっていく。

力つよっ!?　ゴリラかよ！　ゴリラアマゾネスかよ！

あと、お前っ！　俺はトイレに行くって言ったんだぞ！

嘘だったからいいけど、これが本当だったらとんでもないことになっていただろうが！

『嘘かよ』

俺はなすすべなく、浦住に引きずられていくのであった。

教育委員会に訴えかけてクビにしてやる……！

◆

ずるずると引きずられて教室に入ると、それはとてつもなく第一印象が悪くなる。

第一印象というのは、とても重要だ。一度決まったイメージは、そう単純に変えられるものではない。

俺はイケメンで性格がいいが、もし浦住に引きずられていけば、少し問題性のあるおちゃめなイケメンになってしまう。

『かたくなにイケメンを崩さないのは好きだよ』

真実だからな。

というわけで、俺は浦住から脱出し、美しく背筋を伸ばして教室に入るのであった。俺のイケメンに、小さく女子生徒たちがざわめいたのを感じる。

やれやれ、困ったものだ。

だが、俺を養えるほどの経済力と能力がないと俺を捕まえることはできない。

悪いな。

『こんなにむかつくの、久しぶりだ』

えぇ……。

「あー……今日は特にやることもないし、とりあえず自己紹介とかして親交を深めておけ。これから嫌でも三年間は一緒なんだからな。合う相手合わない相手をさっさと見極めておけよー。じゃ、あたしは職員室で寝てる……寝てるから」

そう言うと、さっさと浦住は出て行った。言い繕おうとして面倒くさくなってそのまま言ったな。

よし、これも教育委員会に訴える材料の一つになる。首を洗って待ってろ、ダウナーロリ巨乳め。

さて、教師がいないのはいい。適当にぼーっとしていよう。

自分の座席に座っていると、自発的に自己紹介を始め出した。もちろん、覚えるだけの価値もないので、聞き流す。

すると、隣から強烈な殺意を感じるではないか。こんな平和な学校で殺意なんて物騒なものを向けられて、平然といられるはずもない。

俺みたいな善良な男に、いったいどんな不躾(ぶしつけ)で無礼な奴なのか。そう思って視線を向ければ……。

「…………ッ！」

「…………ッ！」

き、綺羅子じゃないか……。

額に青筋を浮かべた彼女が、俺を睨んでいた。

アイコンタクト開始。

(あなたのせいで私までこんな牢獄（ろうごく）に閉じ込められる羽目になったじゃないの！　どうして自分だけ捕まらないの？　はた迷惑だわ)

(お前が幸せになることだけは許さん。絶対に道連れだ)

『君たちって足の引っ張り合い凄いけど、協力したらうまく逃げ切れるんじゃないの？』

協力したら綺羅子も幸せになっちゃうだろ！

俺は幸せ、綺羅子は不幸がいいんだよ！

『何その歪んだ願望……』

唖然としている寄生虫をそのままに、綺羅子を睨みつける。

(というか、そもそもお前が黒服を吹き飛ばしたからより大勢に囲まれて捕まったんだぞ！　もっとうまく静かに倒せや！)

(わがまま言ってんじゃないわよ！　私のスーパーパワーで助けてもらったのだから、感謝しなさい！　土下座しろ！)

感謝の意が土下座って、こいつの価値観やばいだろ……。

俺が綺羅子に戦慄（せんりつ）していると、前の席に座るクラスメイトが声をかけてきた。

「おーい、次は君の自己紹介の番っすよー？」

「ああ、ありがと……」

まったく感謝の気持ちはないが、適当に言葉を返す。

返して……俺は硬直した。

俺の視線の先には、当然俺に声をかけてきた奴がいるはずだ。

声音からして、女だ。

なのに……。

……前の席に、誰もいない？

キェエアアアアアアアアアアア⁉

お化け⁉　お化けなんで⁉

「あ、ちゃんといるっすから。お化けじゃないっすよ？」

「ああ、もちろん分かっているよ。優しい声が聞こえてくるからね」

お化け‼　お化けお化けお化けお化けいやあああああああああ‼

『内心はこんなに混乱しているのに、外面は完璧な返答……。この二面性、キモイ……』

確かに、前の席をじっと見つめれば、ぼんやりと人型に歪んでいる気がする。そう、余計に怖いのである。

お化けやん！

死んでも未練を残すとか情けないと思わないの？

早く成仏して、どうぞ。

「彼女さんいるのに、ウチを口説くのはまずくないっすか？　いや、初見でウチを見て驚かないところは隠木ポイント贈呈するっすが」

お化けの言葉に硬直する。

誰が彼女？

聞きたくないから無視しよう。

チラリと横を見れば、綺羅子も同じ反応だ。

あと、隠木ポイントって何？　お得感がまったくないんだけど。

しかし、ダウナー暴力ロリ教師に、透明お化けクラスメイトか。

俺はふっと笑いながら、クラスメイトたちに素晴らしい笑顔を向けて思った。

「梔子　良人です。よろしくお願いします」

……辞めたい。

◆

学園に入学して、数日が経った。

特殊能力の向上を学是としている学園だが、今のところ特別なことをしたことはない。基本的に、普通の学科を学んでいる。

一方で、ちょくちょく学校生活の中で、同級生が特殊能力を行使しているのを見る。正直、超常の力を操るとか、同じ人間に思えない。

こわっ。

『君も使えるんだよ?』

俺はとても優しい力だから。

『やさ、しい……?』

「あー……この学園にいる奴は、あたし含めて全員特殊能力が使える。が、特殊能力というのはまだ研究途中のもので、よく分かっていない。誰がどのような能力を持つかは、まったくのランダム。こっちが意図的に身に付けることは不可能だとされている」

浦住が心底面倒くさそうに話している。

なんでこいつ教師になったんだ……?

授業の内容は、特殊能力そのもののこと。俺も、自分に発現するとは微塵も考えていなかったから、一切知らない。

だいたい、そんなよく分かっていない力を発展させようとすんなよ。

責任取れんのか、おおん?

「ただ、一説によると、特殊能力は思いの発露だとされている。その者が深層心理で強く願っていることを実現するための能力が、発現するらしい。まあ、眉唾もんだ。気にするな」

ほーん、思いの発露ねぇ。

だるそうな浦住に負けないほど、俺もだるそうに授業を受ける。

……そういえば、綺羅子の能力はとんでもない破壊力の槍だったな。

チラリと隣の綺羅子を見る。あいつもこちらを見ていた。

つまり……。

『すべてを破壊したいとか？』

いや、あいつにそこまでの勇気はない。

『勇気はないけど考えはするんだ……』

すると思う。自分に不都合なことが起きれば、ずっと考えていると思う。

たぶん、今も考えている。

きっと、邪魔者を消したいとか考えているんだろうな。

厭らしい女だ。

『でも、君の能力は相手の攻撃を消していたよね。その想いの発露って……他人を拒絶したいとか？』

したいじゃない。しているんだ。

『余計にダメだけど!?』

「お、授業終わりだな。よし、さっさと散れ。質問は受け付けんぞ」

鐘が鳴った瞬間、即座に授業を終える浦住。数少ない彼女の長所である。

「あ、そうだ。入学して早々だが、この学園に慣れてもらうこと、友達作り、あとは特殊能力の扱いを学んでもらうために、レクリエーションがある。適当にグループを作っておけよー」

最後にそう言い残し、浦住は教室を出ていった。

ふむ、レクリエーション……。マジでくだらないな。仲良しこよしなんてするつもりは毛頭ないし。

というか、他人と行動を一緒にするって、凄いストレスなんだよな。こう……群れている感じが気持ち悪くて仕方ない。

『二人組作って……？　うっ、頭が……！』

何イベント前のボッチみたいな反応してんだ。

『え？　君もボッチでしょ？』

馬鹿か？　孤高だ、孤高と言え。

それか、栄光ある孤立と。

『大英帝国かな？』

あのさあ、性格良くてイケメンなんだぞ？　引く手数多だわ。むしろ、俺の元に殺到するくらいだわ。

俺はふっと余裕のある笑みを浮かべながら周りを見て……ほとんどグループが固まっていることに気づき、愕然とした。

「(な、なぜ誰も近づいてこない……!?)」

『自意識過剰だったけど、確かに珍しいね。君、中学校の時もモテモテだったのに』

そう、俺はこういったイベント前のグループ作りにおいて、困ったことは一度たりともない。

待っていれば、自然と俺の元には勧誘の嵐。

まあ、イケメンで性格もいいからな。

人気者もつらい。

では、どうして今回に限ってそれがないのか。

しばらく考えて……意外と答えはあっさり出た。

ああ、そうか。俺が輝きすぎているから、近づきがたいのだろう。

まあ、そこら辺の連中とは一線を画しているからな。それも仕方ない。

『鋼のメンタルは羨ましい。でも、結局どうするの？　一人で参加はできないでしょ？　先生と組むの？』

寄生虫の言葉に、眉を顰める。

ふざけんな。バイオレンスダウナーロリ巨乳と一緒になんていられるか。

チラリと隣を見れば、綺羅子も一人。

ぷぷっ、だっさ。

『君もだよ？』

綺羅子も俺を見て残念なものを見るような目をしていた。

なんでだよ。

少しイラっとしながらも、俺は慈悲の手を彼女に差し伸べるのであった。

「仕方ない。お前と組んでやるよ、感謝しろ」

「仕方ないわね。あなたと組んであげるわ、感謝しなさい」

ほぼ同時に発した、俺と綺羅子の言葉である。

……なんだこいつ⁉

「まあ、二人でも構わないわ。猫を被る必要もないし、そっちの方が楽だし」

『君もだよ？』

「うむ」

それは確かにそうだろう。

俺と綺羅子は、他人の前では仮面を被る。利己的な奴より、利他的な奴の方が評判が良くなるからな。

全員自分のことしか考えていないくせに、きれいごとが好きな世界である。

他のグループを見ていると、二人というのはかなり少ない方だ。だが、いないわけではないし、別にこれでいいか。そう思っていると……。

「あー、イチャイチャしているところ申し訳ないっすが、ちょっといいっすか？」

話しかけられるが、姿は見えない。いや、目を凝らせば、うっすらと人の輪郭のようなものが……。

またお化けか。

しかし、今この女はなんと言った？

「「イチャイチャ……？」」

「……めちゃくちゃ身体が近いっすよ？」

俺と綺羅子は、一度顔を見合わせる。

……見た目だけはいいな、こいつ。

まあ、近くないとは言わない。

綺羅子の長いまつげもしっかりと数えられる距離だ。

……うん、普通では？

『無自覚イチャイチャは止めよう。多分、他の人が近づいてこない理由って、それもあるよ』

何言ってんだこいつ。

「それで、どうかしたか？」

できる限りお化けと話したくないんだが。

「いやー、ウチも相手を見つけることができなくて。もし良かったら、ウチも入れてほしいっす」

とんでもないことを言い出したな、お化けのくせに。未確認物体を近くに置くバカがどこにいるというのだろうか？

綺羅子も一瞬凄く嫌そうな顔をしたぞ。

……あいつの嫌そうな顔が見られるんだったら、受け入れてもいいのではと思ってしまった。

「あ、ウチは隠木す。隠木(かくしぎ)焔美(えんみ)。家名が有名っすが、とくに気にせず仲良くしてくれたら嬉しいっす。よろしくっす」

よろしくしないけど？

しかし、気になることを言うお化け。

『せっかく自己紹介してくれたんだから、名前で呼びなよ……』

お化け……隠木は、自分で家名が有名だと言った。

……有名人なの？　いや、全然知らんけど。

『入れてあげたら？　二人はそもそもグループとして少ないだろうし』

いや、待て。まずはこいつを受け入れる際に生じるメリットとデメリットを、慎重に判断しなければならない。

『なんでたかが学校のグループ決めでそんなシビアなの？』

「ところで、今回のレクリエーションで何をするか知っているっすか？」

隠木が陽気に話しかけてくるが、後にしてくれ。お前がどういう役に立つか、真剣に考えているから。

「いや、知らないな。隠木は知っているのか？」

「噂っすけどね。なんとなんと……」

スッと寄ってきたのだろう。

声が耳元で聞こえる。怖い。

「ダンジョンの中を探索するらしいっすよ」

その言葉を聞いて、俺と綺羅子は目を合わせる。考えは同じだった。

「よし、一緒に頑張ろうか、隠木」

「ええ。皆で協力しましょう」

「わーい！　やったっす！」

喜ぶ隠木の雰囲気。いいことしたなあ。

『え？　急に考えを変えたのはどうして？』

肉壁。

『……ん？』

一応肉壁は綺羅子というのがいるのだが、数が大いにこしたことはない。

身代わり二人、ゲットだぜ！

『クズ中のクズだね！』

なお、綺羅子も俺のことを肉壁要員と思っている模様。

第3部　鬼

レクリエーションは学園内ではなく、移動することになった。

隠木の言っていた通り、ダンジョンに向かっているのだろう。バスに乗って移動している。

クラスメイトは割とキャッキャうふふしている。

初めてのイベントだから、騒がしい。

やだやだ、ガキって。

『君も年齢的にはガキだよね？』

俺は精神が大人だから。

もちろん、俺はそのバカ騒ぎに参加することはない。

むしろ、眉根を寄せて険しい顔である。

イケメンだから、それも様になっている。迫力があるから、俺の表情に気が付いたクラスメイトは、少しばつが悪そうに目をそらす。

そう、俺はこういうイベントは嫌いだ。

なぜなら……。

「うぐぅ……」

乗り物酔いをするからである。

バス、ダメです。車は基本的にダメなのだが、バスは余計に無理です。

段差を乗り上げるときの上下の揺れ、曲がりくねった道を行く左右の揺れ。

地獄かな？

「うぅ……」

そして、俺の隣から聞こえてくるか細い悲鳴。

見れば、綺羅子も顔を真っ青にしていた。

こいつも乗り物酔いをするタイプだったな。

ふっ、いい気味だぜ。

「ふふっ、いい気味ね。無様だわ。うぷっ……」

「お前なんだよなあ。ひょろがりだからだぞ。うごっ……」

『二人とも三半規管が貧弱なのに、言い合いしないでよ。目くそ鼻くそだよ』

俺と綺羅子がののしり合っていると、寄生虫の声がする。例えが汚い。

俺と綺羅子はお互いに寄り掛かるようになっている。別にそうしたいわけじゃなく、ただ乗り物酔いでやられているだけである。

サラサラの黒髪がかかってくすぐったい。

なんだかいい匂いもする。

これが直にゲロまみれになると思うと、少々残念な気がする。

「ちょっと。吐かないでよね。もらったら嫌だし」

「安心しろ。お前の顔面に全部ぶっかけてやる」

『きたなっ』

聖水になるから、俺のゲロは。

そんなことを考えていると、さらに綺羅子の頭が腕に寄り掛かってくる。顔は真っ青だ。

かなりしんどそうで、俺はニッコリ。

まあ、俺もしんどいから笑えないんだけど。

「うぅ……キツイ……。おうち帰りたい……」

「お前の家庭環境ってクソじゃなかったっけ？」

「うぅ……適当な男のところで養ってもらいたい……」

即座に言い分を変更する綺羅子。

残念。そんな都合のいい未来は、お前には訪れない。

その意思を伝えるために、俺は上下に揺れる。腕に寄り掛かっていた綺羅子は、頭を揺らされて大変なしんどさだろう。

「うっ、うっ、うっ、うっ」

『止めなよ！』

小刻みにうめき声を上げる綺羅子に、俺は楽しい。楽しいのだが……俺はバスの揺れによって酔っていた。

つまり、バスの揺れに加えて俺自身も揺れたら……。

うっ……俺も自分が揺れたから気持ち悪ぐ……。

『バカなの？』

今俺にバカって言ったか？

◆

「ぐぉぉ……！　地面が揺れるぅ……」

もちろん、地震ではない。ただ酔った俺がフラフラしているだけである。

とはいえ、他の奴らが近くにいるのに、そんなふがいない姿を見せるわけにはいかない。俺はイケメン完璧超人でなければならないのだ。

楽な人生を歩むために、他者からの高評価は欠かせない。

だから、クラスメイトたちが降り立った場所に気を引かれている今がチャンス。素早く回復しなければ……！

「ちょっと。肩を貸しなさいよ」

クテリと身体を寄せてくる綺羅子。

いい匂いがする。でも、硬い。

……人肌って気持ち悪くてダメなんだけど、こいつは昔から一緒だからか、そこまでではない。

これが他人だったら、車酔いも合わせてリバースしていたな、マジで。

「有料になります」

「はい、二円」

チャリンと掌にのせられる一円玉二枚。

舐めてんのか、クソガキ。

俺の肩の価値がたった二円とかありえないから。

『いくら？』

値段がつけられないくらいの価値。

『世界遺産かな？』

素晴らしい回復能力で酔いから覚め始めたころ、だるそうにバスから降りてきた浦住が話し始める。

「初めてのイベントで浮かれる気持ちは分かるが、あんまりはしゃがないようになー。ここは自衛隊が管理している場所だ。好き勝手動いて機密情報を見て逮捕されないように。あたしはそんなことがあっても知らんから」

そう、とてもじゃないが高校生初めてのイベントで来るような場所ではない。いくつも建物が建ち、コンクリートで埋め尽くされている。

まさにコンクリートジャングル。

行き交う男たちは迷彩服姿もまま見られ、時々装甲車や軍用ヘリなども見える。

こんな野蛮なところに来たくないんですけどぉ。後方で安全にのんびり過ごしたい俺にとって、まったく縁のない場所だ。

「先生、結局ウチらってどこに向かっているっすか？」

隠木が尋ねる。

どこにいるか相変わらず分かりづらい。

それを受けて、浦住は面倒くさそうな態度をそのままに、短く告げた。

「ダンジョン」

肉壁要員二名、準備しなさい。

「と言っても、お前らにいきなり魔物と戦えなんてことは言わないぞー。自衛隊が安全を確保している超浅い層を歩くだけだ。いずれお前らもガンガン入っていく場所だから、雰囲気とかを見ておけよ。まあ、散歩みたいなものだ。適当に駄弁りながら歩いてこーい」

ほんとぉ……？

浦住の言葉に懐疑的な俺。

『君は基本的にすべてのものを信じていないじゃん』

それの何が悪い？

だいたい、人殺しの化け物ばかり現れるダンジョンに、十五、六歳のガキを突っ込ませるなよ。

少年兵上等か？

『まあ、さすがになんの訓練も受けていない高校一年生を、生きるか死ぬかの場所に放り込まないでしょ』

寄生虫は暢気(のんき)なことを言っているが、俺は他人を信用しない。浦住のこともまったく。

だから、いざというときの盾二人は、しっかりと手元に置いておかなければ……。

『ナチュラルに人間を盾って言うことができるのって、この現代で数少ない存在だよね』

照れるぜ。

『あれ、褒めてるように聞こえた？』

とりあえず、綺羅子と隠木を近くに置いておこう。いざというときは、こいつらを囮に逃げればいいわけだし。

まったく、使い勝手のいい手駒だ。

「良人、私少し怖いわ。一緒に行動しましょうね？」

「ああ、もちろんさ」

目が合った綺羅子と、にっこり笑みを交わす。

こいつ、同じことを考えてやがる……。

利用される前に利用してやる。覚悟しておけ。

『お、お互いがお互いのことを盾としか認識していない……！』

「いやー、そんなにイチャイチャされていると、ウチの部外者っぷりが凄いっす。めちゃくちゃ入りづらいんで、できる限り抑えてもらっていいっすか？」

ひょこひょこと近づいてくる隠木。

相変わらず見えにくい。

どうにかしろ、透明人間。

「ああ、すまない。もちろん、君のことも大切な仲間だと思っている。これから、日本と世界のために頑張ろう」

「ええ、皆で協力しましょう」

『微塵も心にないことを言う……』

うん。

「おー、意外と熱い人なんっすね。ウチも頑張るっすよー！」

えいえいおー、と気合を入れる隠木。

うざい。

頑張れよ。俺の肉壁としてな。

『同級生を平然と身代わりにしそうなところが本当ゲス』

◆

「…………」

『……すっごい雰囲気あるね』

ダンジョンの前に立ち尽くす俺。

そこは、大きな洞窟のようだった。だが、普通の洞窟――まあ、俺は洞窟に入ったことがないが――――よりもはるかに入り口が大きい。

これだけ大きければ、化け物が這い出てくるのも分かる。

実際、それで多くの犠牲者が出たのだから、笑えない。俺が巻き込まれていたらと思うと、ゾッとする。

他人？　知らん。

というか、このダンジョン怖い！

なんか変なうめき声とか聞こえない？

気のせい？　悲鳴とか聞こえた気がするんだけど？

『怯えすぎでしょ。というか、学生が悲鳴を上げるような事態になっていたら、それはもう大事件だよ』

ま、まあ、レクリエーションって言っていたし、浅い層を散歩するような感じなんだろうけども。

それでも、命の危険がある場所には近づきたくないのが心情だ。

そこで、俺は同じく顔を強張らせていた綺羅子に、にっこりと笑みを向けた。

「綺羅子、レディファーストだよ。先にどうぞ」

「私、男性の三歩後ろを静々と歩く系女子なの。お先にどうぞ」

どの口が言ってんだ、こいつ。

俺と綺羅子は睨み合いをする。

何が三歩後ろを歩くだ。絶対嘘だぞ。

仮にそうだとしても、何かやばいものが来たら全部押し付けるために前に出しているだけだろ。

「えー、どっちも遠慮し合っていたら意味ないっすよ。ウチが先に行くっす！」

まったく動きを見せなくなった俺と綺羅子に業を煮やしたのか、隠木が軽い調子で先に歩いていった……気がする。

よろしい。まずは危険がないか、お前の身体で確認してこい。

そして、俺たちはダンジョンの入り口前に立つ。

近くには武装した自衛隊員などもいる。

どういう管理をしているかはさっぱりだが、ダンジョンから化け物が出てきたら応戦できるようにしているのだろう。

……改めて思うけど、そんな危険な場所にガキを突っ込ませるなよ。

「凄い広いっすね。こんな大きなものが、どうして自然発生したんっすかね？」

今は順番待ちだ。暇になった隠木が、そう声をかけてくる。

知らん。

俺は一生関わることのない場所だと思っていたから、まったく興味がなかった。

最悪だよ、クソが。

「よーし、次のグループ進めー」

浦住が俺たちを見て言う。

進みたくないです……。

「ウチらっすね。さあ、行きましょう！」

「「……………うん」」

『二人とも返事がおもっ！』

◆

多くの生徒たちがダンジョンに入っていった。

駆け落ち逃走劇によって日本中で注目の的になっていた梔子　良人と黒蜜　綺羅子も、中に入っていく。

それを、浦住と教師の一人が見ていた。

「全員行きましたね、浦住先生」

「あー、そうですね。で、毎年恒例のあれもやるんですか？」

「ええ。あれがないと、どうにもふわふわしてしまいます。特殊能力なんて力をポンと渡された子供が勘違いし、おかしな道にそれないように。また、ダンジョンで力を過信して死なないためにも、必要なことでしょう」

面倒くさそうに聞いてくる浦住に、教師は苦笑いで答える。

ただ、生徒を驚かすためだけなら、こんなことはしない。肝試し感覚なら、すぐにでも止めるべきだと進言する。

だが、このダンジョンで味わう恐怖が、生徒たちに身の程を教えてくれる。

まだ、彼らは若い。

中学を卒業したばかりの子供に、強大な力である特殊能力が突然与えられたら、良からぬことに利用する者もいる。

それを管理するために、日本特殊能力開発学園に強制入学させられるのだが、それに加えて自分たちが特別ではないと教えるための、大切なイベントだ。

そして、危機を共有すれば、その者との仲間意識が芽生える。

仲良くなるためのレクリエーション。

案外、嘘ではないのだ。

「でも、これ万が一ミスったら、あたしたちの首は簡単に飛びますね」

「……怖いこと言わないでください」

確かに、こんなことが公になり、マスコミにでも報道されたらかなりのバッシングを浴びるだろう。

もちろん、そんなことがないように、しっかりと厳重に管理と観察を行っているのだが。

「まあ、あたしはクビでも何も問題ないですけど」

「浦住先生!?」

◆

ダンジョンの中を歩く。

とてつもなく入り組んだ広い洞窟と言って差し支えないだろう。なんだかひんやりとしている。

洞窟って衛生状態もあまり良くないみたいだし、絶対入りたくない。だというのに、特殊能力とか訳の分からないものが発現したせいで、強制的に入らされているのだから、世界はおかしいと思う。

「いやー、レクリエーションと言っても、こんなバラバラに入っていったらあんまり意味ないいんじゃないっすかねー」

「確かにな。ただ、同じ経験をすることで仲間意識が芽生えるというのは聞いたことがある」

「ええ。それを狙っているのでしょうね」

隠木の言葉に、俺と綺羅子が頷く。

仲良くなるのが目的なら、クラス全員で入った方がいいと思う。まあ、仲良くする気なんて毛頭ないから、別にいらないけど。

「へー、ところで……」

前を歩く隠木が振り返った気配がする。

「二人とも、本当に仲良しっすよね。おててつないでいるし」

隠木はからかうように言ってくる。

俺と綺羅子は手をつないで歩いていた。

なるほど、確かにこうしてみると馬鹿ップルがイチャイチャしているだけのように見える。

とくに、大変遺憾ながら俺と綺羅子は駆け落ちカップルとして報道されたこともあり、日本中で有名らしい。

邪推されるのも仕方ないかもしれないな。

『いざというとき、お互いを盾にしやすくするためにしているだけなんだよなあ……』

手の届く範囲にいたら、突き飛ばせるからね。

しかし、俺から綺羅子に手を握ってもらうよう要求したと思われるのはいけないことだ。綺羅子なら、そうして俺を陥れることも考えられる。

――――先制攻撃だ。

「ははっ、綺羅子が怖がってね」

「⁉」

あくまで綺羅子が要求してきたことで、俺は仕方なく受け入れてやった。そう伝えると、ギョッとこちらを睨んでくる。

ふっ、俺の勝ちだ。

「ええ、怖いわ。だから、私の前に出て、私を守ってね？」

「⁉」

がっしりと腕を掴まれる。傍（はた）から見れば腕に抱き着かれているように見えるだろうが、俺は違うと分かっている。

こいつ、俺を掴まえた。

――――逃がさない気だな……!?

『なんだ、この蹴落とし合いは……』

「えー！　じゃあ、ウチのことも守ってほしいっす！」

見えづらいが、隠木が接近してきたことは分かる。

距離感近い奴だな。基本的にそういう輩は信用しないようにしている。

絶対裏に何かを隠しているはずだ。名前からしてそうだ。

『すさまじい差別意識に驚かされるね。というか、君は距離感が遠い人でも信用しないじゃん』

すべての人間は俺の敵か踏み台だからな。

『どうやってこんなモンスターが生まれたんだろう？』

「ところで、隠木の特殊能力ってなんなんだ？　いや、見たら分かるんだけどさ」

『露骨に話をそらした……』

「ああ、見ての通りっすよ。透明化っす」

隠木は俺の問いかけにあっさりと答える。まあ、隠されていないものなので、何も驚かないけど。

隠木は透明人間だ。

そこにいるということは、ぼんやりと輪郭しか分からない。

彼女が本気で隠れようとしたら、見つけられないだろう。

「生まれながらの透明人間ってわけじゃないのよね？」

「もちろん。ウチもちゃんと姿形があるっすよ。ただ、透明になっていた方が便利なんっすよねえ。他人の内緒話とかも聞けるし、いたずらしてもばれないっす」

きししっと笑う隠木。

オンオフの切り替えができる特殊能力らしい。

それはそうとして、最低だ……。

『同級生二人を肉盾としか思っていない君の方が最低だと思う』

「へー、君の本当の姿も、いつか見てみたいものだな」

『心にも思っていないことをよくペラペラ話せるね』

社交辞令だぞ。

「ウチのことを見るのは、そう簡単じゃないっすよぉ？」

からかうような声音で言ってくる。

じゃあ、いいです。

『興味うすっ』

「梔子くんがウチにキュンってさせたら、見せてあげるっす！」

じゃあ、一生機会はないですね。

「でも、ダンジョンってこんな感じなんっすね。迷路みたいっす」

「そうだな」

「そうね」

隠木の言葉に、俺も綺羅子もおざなりに答える。

正直、景色が変わらない洞窟をひたすら歩かされているだけなので、心底だるい。早く帰りたい。

「何事もなく、普通に終わりそうっすねぇ」

「「…………」」

いや、本当に何気ない言葉だった。隠木の言葉に、おかしなところはない。

俺と綺羅子は顔を見合わせる。

だが、俺と綺羅子は同じことを思った。

これ、フラグじゃね？

「綺羅子、俺の前に出てみるか？」

「いいわ。あなたがダンジョンをよく見たいんじゃなくて？　私の前にどうぞ」

俺と綺羅子はニッコリと笑い合って、お互いを押し合う。

や、止めろぉ！　俺を押すな！

『いや、そんな怯えなくても。新入生の見学みたいなものなんだから、間違っても変なことはないよ』

フラグだろ！　それ、フラグっていうんだろ！

俺知ってんだからな⁉

そんな感じで、隠木にばれないようにこっそりと押し合いへし合いしていると……。

【――――――!!】

「「ッ‼」」

咆哮が上がった。

そう、咆哮だ。

怒声や悲鳴などといった、普通の声ではない。人間ではない何かが、この世界に存在していると、そう主張する咆哮だった。

……それを聞いた俺と綺羅子の対応は早かった。すぐさま動き出そうとした俺の腕を、綺羅子が絡め取る。

ちっ‼

「綺羅子、俺が見てくるよ。ここで待っていてくれ」

「あなたが走っていこうとしているのは出口に見えるんだけど？」

ニッコリと笑う綺羅子。

……何を言っているのかな？

この俺が様子を見てきてあげると言っているんだ。だからさっさと手を離してここで囮になってろ肉壁ぇ！

「危ないから離してくれ、綺羅子……っ！」

「あなただけを危険な目に遭わせられないわ……っ！」

絶対に逃がさない。そんな強い意志が伝わってくる。

放せぇ、アバズレがあ！

『いや、脚を引っ張り合っている場合じゃなくて、とにかく逃げた方が……！』

「あー、お二人さん。今目をそらしていたら、やばいと思うっすよ」

隠木の声が、やけに遠くから聞こえた。

そして、代わりに聞こえてくるのは、重たい足音だ。

ズシッ、ズシッ。

地面を強く踏みしめる、強靭（きょうじん）な脚。そこから見上げていけば、人間がどれほど鍛えてもこうはならないだろうというほどの、屈強な筋肉が見える。

そして、それは見上げるほど大きかった。少なくとも、人間でこれほど身長があるのはいないだろう。

真っ赤な皮膚、そして般若のような顔は、奴が人間でないことを明確に表していた。

かつて、ダンジョンから現れ、多くの国と文明を滅ぼした魔物。

それが、目の前に現れていた。

その姿は、まるで鬼のようで……。

「怒ったときの綺羅子だ……」

「ぶっ殺されたいの？」

◆

「はあ、怖かったぁ」

「君たちも魔物と遭遇したの？」

「ええ！　小さな魔物だったけど、すっごく怖かったわ！」

「ああいうのとこれから戦わないといけないんだよな。頑張らないとな！」

ダンジョンから出てきた学生たちが、級友と話をしている。

まだ少し硬さのあった彼らだが、今では同じ経験をしたということもあって、積極的に会話をしている。

特殊能力開発学園は、もちろん将来の軍人や官僚を養成するための学園だが、子供を大人へと成長させる一般的な学校と同じ側面も持つ。

こうしてコミュニケーション能力を養うのも大切だ。

それぞれ、国を背負って仕事をするような人材になるのだから、ここでコネクションを作っておくことも悪くない。

「今のところ大成功ですね、浦住先生」

「あー、そうみたいですねー」

「こうして魔物を近くで見せることで、魔物に対する緊張感と適度な恐怖を持ってもらう。これから自分たちが戦わなければならない敵を知ることは、とても大切です」

浦住の隣で、男の教師がうんうんと満足げに頷く。

このダンジョンの探索レクリエーションでは、すべての生徒が魔物と遭遇するようになっている。

もちろん、危険度の低い、弱い魔物だ。

その選定はしっかりとしているし、これには自衛隊も協力している。

実際、直接目にしなければ分からないものがある。

魔物の脅威というのは、間違いなくそれだ。

今の子供たちは、ダンジョンから魔物が溢れ出し、多くの文明を破壊した恐怖を直接体感した者はほとんどいないだろう。

大人たちが血反吐を吐きながら戦い、なんとか守り抜いたからだ。とくに、日本はうまく封じ込めに成功した数少ない国家だから、なおさらである。

しかし、これから彼らは何度も魔物と相対し、戦うことになる。その時になって硬直して動けなくなるのは絶対に避けなければならないし、魔物を恐ろしいものと認識できていないのはもっとマズイ。

だから、こうして弱い魔物と遭遇させているのである。

「あたしも悪くないと思っていますよ。特殊能力に目覚めて天狗になる馬鹿も多いですからね。あいつみたいに」

浦住は濃い隈のある目を向ける。そこには、多くの女子生徒に囲まれる少年がいた。

「ふっ。僕はその魔物を倒したよ」

「嘘ぉっ!? 凄い、白峰くん！」

「やっぱり、【七英雄】の末裔よね！」

「ま、まあ、これから三年間かけて矯正されていきますよ」

苦笑いする男性教師。

確かに、このダンジョンの探索で唯一魔物を屠ったのが彼だ。七英雄の一人である白峰家の子供だから、エリート意識も強いようだ。

その分、能力も高いようだが……。

「それに、全員無事に戻ってきてくれていますし、安全性といった意味でも成功ですね」

魔物の脅威を経験させるレクリエーションであるが、実際に被害が出ては大問題だ。そのため、無事全員が戻ってきてくれることに、彼はホッとする。

「……いえ、まだ戻ってきていないのがいますよ、先生」

しかし、浦住は首を横に振る。まだ一グループだけ、戻ってきていないからだ。

「あの駆け落ち問題児どもです」

学園に入学する前から有名人となった、良人と綺羅子、そして隠木家の娘を思うのであった。

◆

俺は巨大な化け物を見上げ、呆然としていた。

え、何これ。こんなのがこの世界に存在するの？

（ちょおおおおおお⁉　何あれ⁉　綺羅子の子供⁉）

（なんでもかんでも私に押し付けんじゃないわよ！　っていうか、私まだ処女だわ！）

綺羅子と小声で怒鳴り合う。

お母さん！　お子さんのことはちゃんと面倒見ないとダメですよ！

『うわぁ、鬼じゃん。いきなり凄いのと当たっちゃったね、君』

したり声の脳内寄生虫。

は？　何、その鬼って。

比喩表現？

『魔物の一種だよ。強靭な身体を持っているから、その身体能力だけで簡単に人を殺せるよ。耐久力も高いから、魔物がダンジョンから溢れ出した時、多くの国で殺戮と破壊を行った魔物だよ』

どうしてかは分からないが、やけに詳しい寄生虫が説明してくれる。

へー。なるほどなー。多くの国を破壊し尽くした張本人かあ。ほっほー。

……なんでそんな化け物が俺の目の前にいるの？

『さあ？』

俺の脳は急速回転する。

ここで硬直してしまえば、間違いなく事態は悪い方向に進む。

動け！　生きるために足掻くんだ！

ま、まあ落ち着け！

俺は深呼吸して、高鳴る心臓を抑え込む。

そうだ。何も丸腰でここにいるというわけではない。

まだ俺には、肉壁が二体ある。これを使っている間に、なんとか俺だけでも……！

「おーい、お二人ともー。早くなんとかしないとマズイっすよー」

そんな時に聞こえてくる隠木の声。

よぉし、肉壁。さっそく君の出番だ。さあ、責務を果たせ！

……と見れば、近くにぼんやりといたはずの彼女の姿がない。

……ん？

「あ、あれ!?　隠木、どこに？」

「ああ、ウチの特殊能力で完全隠密中っすー。ウチだけ安全圏で申し訳ないっすー」

俺は愕然とする。

肉壁、一人脱落。

はあああああああああ!?　何勝手なことしてんだテメエえええええ！

ここは自分の命を犠牲になんとかお逃げくださいと言うべき場面だろうがあ、おおん!?

ふざけやがって……！　たった一人で逃げやがった……！

なんてクソ野郎だ。

俺はこんな奴と一緒に行動していたと思うと、吐き気がするぜ。

「いや、それでいいよ。俺も綺羅子と君を守れるとは到底言い難いからね。そのまま隠れていてくれ」

しかし、その罵詈雑言を吐き捨てても、評価は上がらないだろう。寛容さをアピールである。

まあ、内心では今すぐにでも殺してやりたいくらい嫌いになったけど。

「…………まさか、そんな返しをされるとは。予想外っす」

拍子抜けというか、なんというか驚いた声が聞こえてくる。

しかし、出てくることはない模様。

ああああああああ！　本当、無能が味方にいると困るわぁ！

となると……。

俺が目を向ければ、彼女もこっちを見ていた。

お互い、にっこりと笑う。

冷や汗が大量に噴き出ているけど。

「さあ、綺羅子。君のやるべきことは分かっているね？」

「ええ。助けを呼びに行くわ！」

「待ちたまえ」

即座に駆けようとした綺羅子の細い肩を掴む。

どこに行こうというのかね？　お前の役割はそうじゃないだろ。

「綺羅子、俺の方が足は速い。君は運動神経皆無の残念ウーマンなんだから、ここで大人しく隠れていてくれ。鬼の目を引く危険な役割は、俺がやろう」

「あなただけに危険な真似なんてさせられないわ。あなたも運動神経皆無の残念マンだし。私に任せてちょうだい」

　がっしりとお互いの腕を掴み合う。

　野郎……放しやがれ……！　ここは、ちょっとくらい自分よりも他人の精神を見せられないものかねぇ!?

『じゃあ、君がそうすれば？』

　なんで俺が他人のために自分を犠牲にしなくちゃいけないんだ！　ぶっ殺すわよ！

『ご、ごめん。だから女口調は止めて。鳥肌立った』

　お前、肌ないじゃん。

「ゴアアアアアアアアアアアアアアアアアア!!」

　そう思っていたら、鬼が咆哮を上げ、こちらにものすごいスピードで走り出す。

　あかん、死ぬぅ！

◆

（さて、この二人の力はどんなもんっすかねー）

　鬼と相対する良人と綺羅子を見て、焔美は内心で呟いた。

　彼女は、まだ避難しておらず、透明化してこの場に残っていた。もちろん、焔美が彼らを見捨てることができないから……というわけでもない。

彼女は生来のものか、それとも隠木家で育てられ教育されたことによるものか。目的のため、自分のためなら、躊躇なく周りの者を切り捨てることができるドライさを持っていた。

隠木家にとって、それはまさに必須能力。一般的な道徳観では忌避されるかもしれないが、少なくとも隠木家において、彼女を非難する者は誰もいない。

（まったく、白峰のお坊ちゃんにも困ったものっす。実力を見たいだなんて）

やれやれと首を横に振る。

白峰からこのようなことを指示されなければ、こうして悪趣味な高みの見物なんてする必要はないのに。

自分よりも目立っていたから許せない、なんて子供じみたことを本気で言うとは思っていなかった。

もっとちゃんと教育しとけよ、白峰家。

そう思った回数は計り知れないほど多い。それでも、切り捨てることができないのが、家同士のお付き合いというものだ。

「（とはいえ、鬼が出てくるのは予想外っす。この学園の管理能力はどうなっているんすかね？　こんなこと、ウチらみたいな家柄の子にやっていたら、教師の首が物理的に飛ぶっすよ）」

隠木家はかなり有力な家なので、特殊能力開発学園で何が行われているかの情報も入ってくる。

こうして、毎年新入生がレクリエーションと称してダンジョンに入り、そして身の程を弁（わきま）えさせるために魔物と遭遇させることをしているのも知っていた。

だが、鬼という非常に凶悪な魔物まで使うとは予想外である。

完全武装の軍隊でも敗北する恐れのある魔物だ。特殊能力の使い方をまだはっきりと理解していない新入生が多いのに、こんなのは死者が出るだろう。

仮に白峰家のような七英雄に連なる家系から死者が出れば、この学園の教師や上層部は間違いなく首が飛ぶ。

それでもこんなことをしているのだとしたら、なかなか肝が据わっている。

「ま、あの二人は面白いっすから、危なくなったら助けるっすか」

少しの付き合いではあるが、焔美は彼らを気に入っていた。

鬼と真正面から戦うようなバカな真似はしないだろうし、多少怪我をすれば助けてやるとしよう。

白峰のお坊ちゃんには、いい具合に報告でもしておく。

「ゴアアアアアアアアアアアアアア!!」

鬼が咆哮を上げる。

それは、目の前にいる人間を殺すという宣言。

魔物の生態は、まだはっきりとは分かっていない。研究が足りていない。

だが、少なからず分かっているのは、魔物は往々にして人類に対して敵対的であるということ。

そして、この鬼もまた、人類を……良人と綺羅子を殺そうとしているということだ。

「はやっ」

思わず声を漏らしてしまう焔美。

地面を砕き、一気に接近する鬼の速度に驚かされる。

彼女は隠木家の女。特殊な伝手を使って、魔物と戦わされたことは、すでにある。

他の多くの特殊能力者たちがこれから後に経験することを、すでに経験しているのだ。そんな彼女をしても、この鬼の瞬発力には驚かされる。

「ガアアアアアアアアアア!!」

吠える鬼が持っているのは、ありきたりなこん棒だ。

それは、誰が作っているのか分からない。

人間が作ったものでないことは確かだが、どうしてそのような武器を魔物が持っているのか、どこから調達しているのかは分からない。

だが、そのこん棒は、鬼の力も合わせれば戦車が放つ徹甲弾と同じほどの威力を持つ。

振り下ろされるこん棒。

「は?」

鬼が最初のターゲットに選んだのは、綺羅子であった。

特段の意味はなかっただろう。

その二人に多少の身体能力の差があれど、鬼からすれば非常に些細なものだ。

どちらも簡単に踏みつぶせる。たまたま目につき、自分に近かった方を選んだだけだ。

「え、嘘?」

その時、焔美はありえないものを見た。

硬直していた綺羅子を庇って、良人が前に出たのである。

それは、まさしく彼女を庇うための行為であった。

彼も魔物と遭遇するのは初めてだろう。そして、相対したからこそ、鬼が自分を簡単に殺せることは理解できたはずだ。

それにもかかわらず、彼は自分の危険を顧みず、綺羅子を庇った。

それは、隠木家のように裏で暗躍するのが当たり前の環境で育った彼女には、驚かされる行為であった。

（よおおおおし！　ギリギリ間に合ったわああああああ！）

（綺羅子！　きさむあああああああああああ!!）

実際はただ押し合いへし合いをしていただけなのだが、他者から見たらそうなのである。

焔美から見て、良人はとっさに行動したのだろう。

だから、構えはまったく作れていない。

そこに、鬼の強靭な力でこん棒が振り下ろされる。

「あっ、やばっ」

思わず焔美が呟く。

そう、やばかった。数瞬ののちに、良人は命を落とすだろう。

いざとなれば助けようと思っていた焔美だったが、まさかこんなにも早く致命傷を負うような攻撃になるとは思っていなかった。

彼らの駆け落ちが話題になっていたころ、隠木家にもさらに詳しい情報が入ってきていた。それは、鍛えられた国家公務員の特殊能力者を無力化したというものだ。

だから、多少なりとも彼らが戦えると思っていた。

その抗(あらが)っている間に助けに入れば十分だと。

しかし、良人の頭部に振り下ろされるこん棒は、彼の頭部を容易(たやす)く破壊することだろう。死という結果しか与えない絶望の一撃が振り下ろされ、そしてそれは彼の頭部を捉え……。

バチッ、とはじかれた。

「……は？」

その様子を、焔美は呆然と見つめるのであった。

「…………？」

焔美だけではない。

攻撃した鬼自身でさえも、何が起きたのか理解できていない。

不思議そうに自分の腕とこん棒を見ている。

一方で、良人は凛々(りり)しく、まるでそうなるのが分かっていたかのように、鋭く鬼を睨みつけていた。

（え？　なんで攻撃当たっていないの？　俺、綺羅子と鬼に殺されたかと思っていたわ）

『その犯人に幼なじみを入れるのが君らしいね』

なお、本人もよく分かっていなかった模様。

（ふっ、私はそうなるのが分かっていて、あなたを押したのよ）

（どんな言い訳をしようが、お前は殺人未遂犯だから）

告発してやる。

良人の頭の中には、それしかなかった。

「ガアアアアアアアアアアアアア!!」

鬼は吠えた。

自分の攻撃が、どうして効かないのかは分からない。しかし、自分が攻撃して、平然と人間が立っていることが許せなかった。

怒りのままに、何度もこん棒を振り回す。

それは、まさに暴風。

強烈な嵐の中に放り込まれたような、暴力的な天災と同じだった。

上から叩き落とし、横から殴り飛ばし、下から打ち上げる。頭部が粉々に破壊され、全身の骨がすべて叩き折られ、臓腑（ぞうふ）をまき散らす。

それだけの攻撃を、鬼は繰り出していた。

「ハァー、ハァー……?」

数分して、汗をダラダラ大量に流しながら、大きく肩を上下させる鬼がいた。そして、不可解なものを見る先には、まったくの無傷である良人がいる。

おかしい、ありえない。

あれだけ自分が攻撃を繰り出したのに。

目の前の人間は、どうして傷一つついていない？

「これが、梔子さんの特殊能力っすか……」

焔美もまた目を大きく見開いていた。

新入生では、どうあっても死を免れえない最悪の魔物。人類の多くの国と文明を破壊した、まさしくダンジョンの魔物の尖兵。

その悪魔の攻撃が、まったく通用していない。

「オォォォォ……」

怒りを露わにしていた鬼。

しかし、今の姿に激烈な感情は宿っていなかった。

それは、良人に自身の攻撃を防がれ続けたから。

いや、うまく避けたり、武器で防御したりしていたのであれば、まだ鬼は怒り狂って攻撃を続けることができるだろう。

そのような動作をして防いでいたら、理屈としては理解できるからだ。

だが、良人は何をやっているのか分からない。

そう、防ぐしぐさすら見せていないのだ。

ただ、じっと自分を睨みつけているだけ。

理解ができない、及ばない。

何をして防いでいるのかが、分からない。

それが、ただただ恐ろしかった。理解できないものというのは、非常に恐ろしい。

「ウォォォォ……」

怖いのだ。

鬼は、生まれて初めて恐怖というものを味わっていた。

「動かなくていいのか？」

「ッ!?」

初めて良人から話しかけられる鬼。

ビクッと震えて、その男を睨む。

今の鬼の意識は、すべて良人に向けられていた。だから、こちらを覗き見る焔美にも気づかない。

そして……。

「こちらも攻撃の準備が整ったぞ？」

「ガッ!?」

良人の背後で、真っ赤な槍を持つ綺羅子がいた。

「私がただ黙って良人を矢面に立たせていたとでも思っているのかしら？」

冷たく鬼を見ながら、綺羅子が言う。

ちなみに、そんなことを言いつつ、無効化で攻撃をいなしつつ良人が彼女の腕を掴まえていなければ、脱兎していた模様である。どうしても逃げられないから、仕方なく攻撃の準備をしていたというわけである。

「これでおしまいよ」

というより、絶対に終わってくれ。

その祈りを捧げながら、綺羅子が槍を放つ。

「ゴアアアアアアアアア⁉」

深紅の槍は鬼の腹部に突き刺さり、そのまま奥へと追いやっていく。ダンジョンの壁に激突した直後。

ズドオオオオオオン！

すさまじい爆発を引き起こす。

ブワッと土煙が舞い上がり、暴風が彼らを襲う。

（ぎゃあああああ⁉　洞窟みたいなところで何爆発させてんだテメエ！　生き埋めになるだろうが！）

（知らないわよ！　私のせいじゃないわ！　この特殊能力のせいよ！）

（結果的にお前だろうが！）

小声で怒鳴り合う二人。

しかし、焔美はその崩落の危険性については安心していた。

何せ、ダンジョンは【不変】。絶対に壊れることはないのだから。

どれほど暴れようと、それこそ核爆弾を使用しても、それは壊れない。

かつて、ダンジョンから魔物が噴き出した際、その大本を破壊しようと多くの国の軍隊が空爆などを行った。

結果として壊れたダンジョンはない。

だから、それよりも焔美が驚かされたのが、綺羅子の特殊能力の攻撃性である。鬼を一撃で粉砕するほどの破壊力の特殊能力なんて、ほとんど例を見ない。

「……この二人、相当やばいと思うっすよ、お坊ちゃん」

土煙が晴れる。

そこにいた鬼は、見るも無残な姿だった。

文字通り、身体が半分消し飛んでいた。

残っているのは、頭部と左上半身、そして両足である。

いくら耐久性が高い魔物とはいえ、これほどの大ダメージを受ければ、さすがに死ぬ。

完全装備の軍隊でも苦戦する凶悪な魔物を、ろくに特殊能力の扱い方も知らない新入生二人が倒してしまったのである。

（……人殺し）

（魔物でしょ!?　魔物なんでしょ!?　というか、あなたも助けてあげたのになんて口の利き方よ！）

（俺の無効化でお前も助けられていただろ！　感謝しろ！）

取っ組み合いを始める二人。焔美がそれを見ていなかったのは、鬼の様子がおかしかったからだ。

「ガアアアアアアアアアアアアアアアアアアアアアアアアアアア!!」

「「は⁉」」

鬼は死んでいなかった。

血反吐を吐きつつ、二人に襲い掛かる。

万全の状態だった時とは、比べものにならないほど動きは遅い。

しかし、もはや動くことはないと信じていた存在が襲い掛かってきた事実に、二人は硬直していた。

良人は大丈夫かもしれない。彼には無効化能力があるから。

しかし、綺羅子が攻撃されれば、それは間違いなく致命傷になる。

呆然と立ち尽くす二人。迫る鬼。

死を前提とした決死の攻撃は、彼らに届かんとして……。

「おっと。それ以上はダメっす」

トスッ、と軽い音がした。

それは、鬼の背後。

首の後ろに、細長い刀剣が突き刺さった音だった。

生物ならば、ほぼすべてに致命傷となる部位。そこを的確に穿（うが）たれていた。

ドゥッと倒れ込む鬼。

それを、ただ見ることしかできない良人と綺羅子。

そんな中、鬼を処分した焔美は、彼らには見えないだろうが、苦笑して言った。

「……怖いっすね、二人とも」

（（いや、お前の方が怖い））

◆

「まだですかね……」

男の教師が、浦住の隣で心配そうに呟いている。

ダンジョン体験のレクリエーション。毎年恒例の、新入生が魔物の怖さを体験する、一種の洗礼だ。

今年も順調に進んでいき、ほぼすべての生徒がダンジョンから戻ってきていた。そう、一組を除いて。

それが、あの有名な隠木家の娘と、入学前から日本中で有名になった駆け落ちカップルである。

「今更何を怖気づいているんですか、先生。こういうことをしていたら、不測の事態も起きるでしょう」

「いやいや！　実際に起きたらダメなんですよ！　私たちの首が本当に飛びますよ！」

「それは困りますね」

「他人事!?」

驚愕する同僚に、浦住は視線を向けない。

もちろん、彼女もこの職を失うわけにはいかない。浦住にも、人生の夢というか、目的もあるのだから。

だから、殺されるのはもはや論外である。

それは、絶対に避けなければならないことだ。

「想定時間になりました。すぐに自衛隊がダンジョンに入り、救出作戦を行います。万が一のため、学生の皆さんと共に避難してください」

「す、すみません。よろしくお願いします」

浦住たちに話しかけてきたのは、自衛隊の男だ。彼らが管理するダンジョンなのだから、当然出張ってくるだろう。

多くの自衛隊員は、装備を整えている。それは、まさしく戦争に、紛争地帯に向かう臨戦態勢であった。

同僚は頭を下げているが、浦住は気だるそうに手を挙げる。

「あー、面倒くさいけど、あたしも行きましょうか？　そこそこ戦闘では役に立つと思いますが」

自衛隊は優秀だ。

あの魔物が氾濫（はんらん）した大事変。世界中のいくつもの国が滅んだ大事件でも、彼らは多大な犠牲を払いつつ国民を守り、日本という国家を守り抜いたのだから。

そんな自衛隊に、浦住はそう売り込んだ。それは、彼女自身がそれほどの能力を持っていると暗に伝えることだった。

「連携が取れなくなるからご遠慮ください……と言いたいところですが、特殊能力開発学園の教諭であれば、我々よりも強いでしょう。我々がどうしようもない魔物が現れたときのため、ご同行いただけますか？」

訓練された部隊の中に異物を紛れ込ませるのは、むしろ不利益である。

鍛えられた軍人が力を発揮できず、魔物にのまれることになりかねない。警察官や他の部隊の自衛官などの鍛えられた者が名乗り出ても、彼は拒否していただろう。

しかし、特殊能力開発学園の教諭は別だ。

彼らは皆等しく優秀。調子に乗った、出来立てほやほやの特殊能力者を相手取り、導かなければならないのだから。

「分かりました。……これであたしの首は飛ばないな」

「!?」

唖然としてこちらを見る同僚。

気だるそうな表情のまま見返す浦住。

沈黙が痛かった。

「よし、素早く準備をしろ！　学生を助けに行くぞ！」

自衛官たちが慌ただしく動き出す。

彼らはダンジョンを管理しているからこそ、ダンジョンの恐ろしさを正確に理解している。

ここから先は、戦場である。

この救出作戦でどれだけの犠牲が出るか分からない。

しかし、未来のある子供たちを、守るべき国民を救うため、彼らは決死の覚悟でダンジョンに赴こうとして……。

「いやー、その必要はないっすよ」

「なっ!?　ど、どこから……？」

突然聞こえた声に、自衛官や同僚の男が慌てて周囲を見渡す。しかし、そこに自分たち以外の人間はいない。

浦住は頭の中に入っていた、こういうことができる特殊能力持ちの名前を言った。

「あー、隠木か？」

「そうっす。戻ってきたっす」

朗らかな声音の焔美。

苦しそうでも疲弊している様子でもないので、本当に無事なのだろう。

だが、彼女は三人グループで行動していた。

今は、焔美しかいない。

「お前だけか？」

「いやいや、もちろんそんなことないっすよ。ほら、二人の英雄のご帰還っすよ！」

焔美は、なぜか誇らしげな声音である。

彼女の言葉に誘導されてダンジョンの入り口を見ると、ゆっくりと歩いてくる二つの人影があった。

それは、まさしく焔美と共に行動していた駆け落ちカップル、梔子　良人と黒蜜　綺羅子であった。

「戻りました」

「遅くなったみたいで、申し訳ありません」

二人も大きな怪我を負っている様子はない。

焔美と違って多少疲れは見せているが、小さなころから特殊能力と共に鍛えられていた隠木家の娘と一般人を一緒にすることはできないだろう。

浦住は尋ねる。

「まあ、確かに遅かったな。何があったんだ？」

「魔物に襲われまして……」

「慣れていない戦闘になったので、遅れてしまいましたわ……」

ザワザワとどよめきが起きる。

魔物と遭遇するようにはしているが、襲われないように細心の注意が払われていたはずだ。それが覆されたということ。

そして、魔物に襲われたにもかかわらず、初陣であろう二人に大きな傷などが見受けられないことが衝撃的だった。

一方で、浦住は気だるそうな表情を崩さないが。

（何平然としてんだ、このクソ教師！）

（こいつら全員文科省と教育委員会とマスコミにチクってやりましょう！）

内心魔物と遭遇して戦わされたということで、怒り狂っている二人である。

的確に教師がされたら面倒くさいことを選んでいるところが狡い。

「襲われた？　まさかそんな……」

「……それで、倒したのか？」

信じられないと言う同僚。

浦住は真偽を確かめるように、じっと隈の濃い目で二人を見る。

「ええ、まあ。俺のおかげ……」

胸をそらして口を開いた良人の足先に、綺羅子のかかとがねじ込まれる！

「お、俺と綺羅子、そして隠木の力を合わせて、なんとか……」

「そうか」

プルプルと震える良人。

初めて魔物と遭遇し、しかも戦えばこうなることは当たり前だ。むしろ、勝って無傷で戻ってきたことを賞賛されるべきだろう。

実際は痛みにもだえ苦しんでいるだけだが。ニコニコと隣で笑う綺羅子は気づかなかったようだ。

「私は初めて魔物を見たけど、あんまり大したことのない魔物だったのね」

「だな。俺たちでも倒せたし」

綺羅子と良人が会話する。

喉元過ぎればなんとやら。

二人はさっそく恐怖を忘れていた。

ろくに鍛えていない自分たちでも倒せる程度の魔物だったのだ。しょせん、見掛け倒しだったのだろうと判断する。

「そうなのか。だとしたら、少しほっとするな……」

「……いや、そんな生易しい魔物じゃなかったっすけど」

「隠木、こいつらが倒した魔物はなんだ？」

苦笑の交じった声音で焔美が言う。ほっとしていた同僚を差し置き、浦住が尋ねると、彼女は喜色をにじませながら答えた。

「鬼っす」

「……なんだと？」

「鬼っす。正真正銘の鬼。ウチと白峰のお坊ちゃん以外だったら、たぶんぶっ殺されていたんじゃないっすかね？」

けろっと言う焔美。

しかし、周囲は唖然とする。

鬼。その魔物の名は、非常に悪名高い。

多くの国を滅ぼした際、先頭に立って猛威を振るったのが鬼だ。生半可な武器では傷つけることすらできず、人外の怪力で人や建造物を粉々に破壊する悪魔。

焔美の言う通り、小さなころから特殊能力に触れて鍛えていなければ、太刀打ちできない。先ほど救出作戦に向かおうとしていた部隊だが、その三割は命を落としていただろう。

そんな化け物を、最近特殊能力が発現したばかりの子供が、倒した？

「お、おおお鬼を倒したぁ!?」

大きな騒動になる。

……あれ、これなかなかやばいことをしてしまったのではないか？

悪目立ちするのは大嫌いな良人と綺羅子は、お互いをちらりと見て……。

「ええ、綺羅子が」

「ええ、良人が」

(何面倒事を押し付けようとしてんだ!!)

誰にも見えない位置でつねり合う二人。お互い涙目である。

「鬼を、ねぇ……」

お互いを痛めつけることで精いっぱいだったため、自分たちを見て意味深そうに呟く浦住には気づかないのであった。

◆

「いやー、お疲れっす。まさか、あの鬼を倒せるなんて……。さすが、駆け落ちカップルっすね！」

彼らには見えないが、ニコニコと笑って焔美は話しかける。すると、彼らは照れ隠しか、心底嫌そうに顔を歪めて口を開く。

「『カップルじゃないから』」

「息もぴったりっす……」

焔美が話しているのは、もちろん同じグループでダンジョン探索を行った、良人と綺羅子である。

もともと、学園にすんなりと入らず脱走した駆け落ちカップルとして有名な二人。

加えて、特殊能力もかなり強力なものであることが判明し、焔美の好奇心はくすぐられっぱなしだ。

すでにレクリエーションは終了しているにもかかわらず、彼らと一緒にいるのはそういう理由である。

「でも、皆先に帰っているなんて、なかなかひどいっすよね」

すでに他のクラスメイトたちは、学園に戻っている。鬼との激しい戦闘を考慮、また事情聴取をする必要もあったことから、彼らはゲストルームを与えられていた。

今は、そこに向かって敷地内を歩いている。

「まあ、本当に俺たちが魔物にやられていたら、ダンジョンから魔物が溢れる最悪の事態があったかもしれないしな（でも、俺の肉壁にならないで逃げたことは許さん。クラスメイトって、やっぱいらないわ）」

笑みを浮かべる良人。

内心を知らない焔美は、本当にお人よしで性格がいい男なのだと、改めて思う。

鬼との遭遇時でもそうだ。普通、我先に逃げ出そうとするはずなのだ。

なのに、この二人はお互いを思い、過酷な道に望んで進もうとするのだから。

なお、実際は普通に該当し、彼らは必死に逃げようとしていたが。

他の人々と違った点は、お互いを蹴落とし合って結局二人そろって奈落の底に堕ちていった点である。

「ねえ」

「ちっ、仕方ねえな」

ぼそっと呟かれた言葉に、良人が反応する。少しかがむと、そこに綺羅子が覆いかぶさった。

おんぶである。

彼女は少し身じろぎしていい体勢をとると、満足そうにむふーっと息を吐く。そして、すぐにスヤスヤと眠り始めた。

具体的な会話をしていないのに意思疎通ができることに驚愕する焔美。

「彼女さんもお疲れみたいっすね」

「彼女？　いや、それは違うけど、綺羅子も体力はないからな。今日は彼女の力が必要とはいえ、無理をさせた。ゆっくりしてほしいよ（俺もクタクタなんだけど。誰か俺を労れよ馬鹿）」

まあ、疲れているのなら、多少は手助けしてやろう。殊勝な良人はそう思った。

すっかり寝入った綺羅子を後で放り投げてたたき起こすことを、嬉々として計画しているが。

「彼女さんじゃないにしても、だとしたら随分と気にかけているっすね」

「幼なじみなんだ。大切な、ね（大切な生贄要員だ）」

「ほほー。羨ましいっすねー。ウチなんて、そんな大切に思える人はいないっすから」

軽く言う焔美だが、言っていることはなかなかヘビー。良人、ここに突っ込んだら色々と面倒くさいと判断し、無視する。

焔美は、そもそも人好きのする性格だ。誰にでも臆することなく気楽に話しかけることができる。

だが、隠木家の人間として、大切に思える人は作ってはいけないのだ。

裏に生き、陰で暗躍する人間。だからこそ、それを揺るがすような人は、作ってはいけないのだ。

「しかし、レクリエーションは大成功でしたね」

「は？（大失敗の間違いだろ）」

ガチで怪訝そうな声と顔をする良人。

「こうして、ウチと仲良くなれたじゃないっすか！　良かったっすね」

「ははっ（ギャグかな？）」

彼の整った顔は愛想笑いも完璧である。

人の動向を窺うことにたけている焔美でさえも、気づかないほどなのだから。

「あ……」

そんな時、ポツポツと彼らの身体に水滴が当たり始める。

空を見れば、黒い雲が覆っていた。

「雨、っすね」

◆

「……濡れすぎて寒いわ」

雨のせいでビチョビチョに濡れた綺羅子が呟く。

とくに、彼女は背中などの背面が濡れている。

良人の背中でスヤスヤ眠っていたからである。

雨よけ（綺羅子）がいて助かったわ、とは彼の言である。ブチ切れた綺羅子が彼のつま先を執拗に踏みつけたのは余談である。

すでに、彼女たちの姿は自衛隊の管理する建物にあった。今は多くが訓練やダンジョンの警備を行っているため、ほとんど人はいない。

もともと、気分が優れない学生が少しの間滞在できるような、簡素な建物であった。

そして、すでに良人の姿はない。

一足先にお風呂に直行しているのである。

「うぅ……ウチもビチョビチョっす……」

そう言う焔美は、やはり姿は見えないので、何もない場所に水たまりができている。彼女の特殊能力のことを知らなければ、普通に怖かった。

「隠木さんは、透明化ですり抜けることはできないんですか？」

「透過と透明化は違うっすよ。ウチの場合、見えづらくすることはできても、すり抜けることはできないっす」

「そうなんですね（出来損ないの幽霊みたいね）」

めちゃくちゃ失礼なことを考える綺羅子であるが、表面はニコニコとしているので気づかない。

彼女の面の厚さはかなりのものである。

少なくとも、人の内面を見抜く観察能力が高い焔美をしても、まったく気づくことはなかった。

「とりあえず、お風呂に入りたいっす」

「そうなんですね。じゃあ、私もそうしようかしら」

「あ、じゃあ一緒に行きましょう！　ガールズトークっすよ。梔子さんとの関係を教えてくださいっす！」

「ただの幼なじみですよ（兼生贄要員ね）」

同じようなことを考えているところが、彼女たちの腐れ縁を強くしているのではないだろうか。

そのことに気づかず、一瞬嫌そうに顔を歪める綺羅子。

「ところで、隠木さんはお風呂の時も透明になっているんですか？」

「いやいや、さすがにそこでは解除するっすよ。本当はできる限り人に正体を見せたくないっすけど、黒蜜さんなら……いい、っすよ?」

可愛(かわい)らしい声音で言う。しかし、姿が見えないからあまりそそられないし、そもそも同性である綺羅子はまったく心が揺らがない。

「私にそっちの気はありませんよ」

「ウチもっす」

けろっと声音を変える焔美。

じゃあしょうもないことを言うな。

綺羅子は内心で苛立(いらだ)った。

「あ、でも浴場がどこか聞いていなかったっすね」

「それなら、私と良人で聞いておきましたよ。こっちです」

「おー、助かるっす。鬼の時からそうっすけど、至れり尽くせりっすねぇ」

スタスタと廊下を歩く綺羅子の後を追う。

彼女の言う通り、すぐに浴場にたどり着いた。

もちろん、旅館やホテルのような豪華なものではないが、冷えた身体を温めるだけなら十分だ。

大勢の人が入れるように、脱衣室は広かった。

「じゃあ、早く脱衣してお風呂に……」

「準備ができましたので、先に行きますね」

「はやっ!?」

ギョッとして見れば、すでに綺羅子は制服を脱ぎ去り、身体の前面をタオルで覆って歩き出していた。

彼女が横を通り過ぎる際に、改めてじっと観察する。

綺麗な黒髪は、あまり長くはなく、肩にかかるくらいに切りそろえられている。しかし、雨で濡れたそれは、艶やかに輝いていて、同性だからこそなおさら美しく感じられた。

整った顔つきは言わずもがな、スタイルも均整の取れた美しいものだ。凹凸は乏しいかもしれないが、スラリとしていてモデル体型。

ある意味正反対の、凹凸がはっきりとしたスタイルの焔美は、どこか羨ましく感じていた。

そんな彼女が、スタスタと歩き、先に浴場に入っていった。

「ま、まあ、ウチの正体を見られる心づもりができていなかったから、別にいいっすけど……。そんなに興味ないっすか？　結構大きい秘密だと思うっすけど……」

ちょっとショックだったのが、自分が透明化を解除すると宣言していたにもかかわらず、一切注意を払うことなく浴場に向かったことである。

いや、分かる。寒いのは分かるし、早く温まりたいのも分かる。

しかし、ちょっと立ち止まって確認するくらいはしないだろうか？

当然だが、自分が身に着けていないものは、透明化は解除される。脱ぎ捨てられた制服は、その姿を現す。

綺羅子が置いていったものよりはるかに大きなブラなども置くと、焔美は透明化を解除した。

「よし、準備オーケー！　黒蜜さん、仲良くお話しましょうっす！」

ガラガラと音を立てて浴場に入る。すでに温かいお湯で満たされている大浴場なので、湯気で見えづらい。

ピチャピチャと濡れた地面を踏みしめながら歩く。

お湯に浸かっている人影が、二つ見えた。

よし、彼女の元へ向かおう。

……二つの人影？

「ええ、私だけじゃありませんけど、構いませんよね？」

「……ん？」

綺羅子の声。

彼女がいるのは確かだが、もう一人はいったい誰だ？

目を凝らし……そこにいた人物に驚愕する。

「えーと……俺が悲鳴を上げたらいいのか？」

頬を引きつらせ、温かいお湯に浸かっているにもかかわらず、青ざめているのは良人だった。

その隣で、綺羅子は蕩（とろ）けるような表情でお湯に浸かっている。

何リラックスしてんだ、この女。

どうして男がここにいるんだ。

色々な感情で、焔美は頭がいっぱいになる。

「はふぅ……」

暢気なため息を漏らしている綺羅子。

実をいうと、彼女が良人とお風呂に入るというのは、それほど珍しいことではないのだ。綺羅子の特異な事情もあり、いつも逃げ出しては彼のところに飛び込んでいっていた。

めちゃくちゃ嫌がられていたが、彼女自身も嫌々だからセーフ。

つまり、綺羅子としては、いつも通りの動きしかしていないのである。そこに焔美という部外者が乱入してきたことが、色々と問題になるのだが。

混浴でもなんとも思わないのは、二人がお互いのことを空気のような存在だと思っているからだろう。

お互いに奈落の底に堕とし合おうとするくせに。

性欲を完璧に支配下に置いている二人が互いにそういった目を向けることはないし、なんとも思わない。しかし、もちろん、その域に焔美は達していない。

いくら隠木家という特異な家で生まれ育ったとはいえ、彼女は思春期の女子なのである。数百年生きた怪物のような精神状態の二人がおかしいのだ。

「……いや、悲鳴はウチが出すっす」

「えぇ……？」

とっさに悲鳴を上げなかったのは、焔美のプライドか。

確かに大きな要因となったのは、良人がまったくもって情欲に濡れた目で自分を見てこなかったことだろう。

焔美は、透明化を解除している。

彼女本来の姿が、良人の前にさらされているのだ。

非常に長い黒髪は、臀部を覆い隠して余りあるほどだ。前髪も長く、彼女の目は完全に隠れたメカクレ状態である。

身長はそれほど高くないが、身体の凹凸がかなりはっきりしている。少なくとも、つい先日まで中学生だったとは思えないほど。

そして、そんな彼女は、ここには綺羅子しかいないと油断し切っていたため、隠すことを一切していない。

ありのままの姿をさらしているのである。

思春期の少年少女にとって、異性の裸体なんてどれほどの魅力があるだろうか？　それも、かなり整った容姿だとしたら。

目を大きく見開いて凝視するに違いない。

加えて、焔美は普段姿を完全に透明化させているので、そういった意味での魅力もあった。

「…………」

だというのに、目の前の男は心底嫌そうな顔をしているのである。

人の裸体を見て嫌そうにするとは何事か。

羞恥とか以前に、強い怒りが湧いてくる。

しかし、良人からすれば、見たくもないものを見せられている感覚である。

そもそも、この男は思春期にもかかわらず、性欲を完全に支配下に置いているメンタルお化けだ。

性欲の暴走で人生の取り返しのつかないミスなんて、絶対に唾棄すべきことだ。

よって、今の良人の頭にあるのは、どうやって自分の評価を下げずにこの場を切り抜けられるかということだけである。焔美に劣情を抱いたり彼女とお近づきになりたいなんてことは、微塵も考えていなかった。

「ふー、いいお湯ね」

「これ、お前のせいだからな」

まったく気にせず、肩が触れ合うほどの距離でリラックスしている綺羅子を睨みつける良人であった。

第4部　皆の見本になりたい

特殊能力開発学園は、全寮制だ。

共学であるため、本来ならば男女で分かれるところだろう。

しかし、特殊能力の発現者、そしてこの学園に入学させられるレベルの強い特殊能力を持つ者は、ほとんどが女性となる。

そのため、数少ない男性のために二つの寮を作ることはされず、同じ寮となっていた。その共同スペースで、二人の男女が話していた。

「白峰くん、凄いね。本当に魔物を倒しちゃったの？」

「ああ、もちろんさ。そんなつまらない嘘を言う必要もないしね」

ふっと得意げな笑みを浮かべるのは、白峰　光太。数少ない男の特殊能力者であり、先ほどのダンジョン探索において、魔物を一体倒した男である。

「でも、初めて魔物を見たんだよね？　それなのに、倒せちゃうんだもん」

「ははっ。僕の家は特殊でね。この学園に入学する前から、魔物のことは知っていたのさ。だから、落ち着いて対応することができたんだよ」

白峰家は、今の日本において名の知れた名家だ。それは、隠木家よりも。

小さなころから特殊能力について勉強し、発現させ、魔物やダンジョンについて教示されてきた彼だ。

　弱い魔物を倒すくらい、容易いことだった。

「そうなんだ。白峰くん、強いし、もともと男の子も少ない場所だから、すっごくモテるんじゃない？」

「いやいや、そんなことはないさ。ただ、僕のことを好いてくれる女性のことは、とっても大切にするけどね。どうかな？　この後、僕の部屋で少し話さないか？」

　きらりと輝く笑顔を向ける。

　光太の顔立ちは整っているため、それが嫌味にならない。クラスメイトの女子も、まんざらではない様子だ。

　しかし、光太の思い通りにはいかない。

「えー。でも、あの人も気になるのよね。ほら、同じクラスの梔子くん！」

「……く、梔子くんか」

　頬を引きつらせる光太。

　梔子　良人。クラスメイトの、男子だ。

　基本的に女子からちやほやされたい光太としては、異物である。

　正直、好きじゃない。

　焔美にも色々と動いてもらっているほどなのだ。

「か、彼のどこがいいんだい？」

「えー、色々あるよ？　まず、顔が格好いいでしょ？　俳優よりイケメンだよね！」

「う、ううん……」

腹立たしいことに、良人の容姿は非常に整っている。

スタイルも良く、顔もいい。

加えて、誰にでも分け隔てなく優しく接することから、彼の人気はすこぶる高い。

「あと、駆け落ちもいいんじゃない？　私たちって強制的に学園に入らされるし、そこに抗ってお互いのためにあんなぶっ飛んだことができるんだもん」

「そ、それはどうかなぁ。だって、これは日本国民としての義務みたいなものだし、それから逃げるっていうことだから」

なんとかケチをつける光太。

大きな話題となった、学園に入学前の二人の駆け落ち。検査からの脱走ということもあって、日本中でかなりの話題となった。

その賛否は、半々といったところだ。

光太のような意見を持っているのは、ある程度年齢が高い層が多かった。

特殊能力者は、すべて国家の管理するところにあり、日本のために行動するのが当たり前。かつてのダンジョン出現時、多くの犠牲を払った世代だ。

だからこそ、今の若者ももっと国家に奉仕しなければならないという気持ちを持つ者が多い。

一方で、若年層からは一定の支持を得ていた。

やはり、学園に入学させられるのは強制であり、その後の進路までも決められる。それは、自由を求める若者からすれば、喜ばしいことではなかった。

また、魔物の脅威というのも直接目にしたことがある者はほとんどいないから、その備えのために礎になるという考え方も薄かったのだ。

光太も本来なら若年層なのでそっち側の意見なのだが、白峰家の子供ということと、単純に良人への対抗心から、否定的な意見を述べた。

しかし、目の前のクラスメイトは肯定的のようで、首を横に振る。

「でも、結局入学はしているし、ものすごい魔物を倒したって話よ！」

「ものすごい魔物？」

自分だって魔物を倒した。何がそんなに凄いのか？

「うん、鬼って言ってたかな？　私はどんな魔物か知らないけど」

「お、鬼⁉」

ギョッと目を見開く光太。

目の前のクラスメイトは、どのような魔物がいて、どれほど危険なのかが分かっていない。これが普通だ。

しかし、ダンジョンと魔物のことを小さなころから教育されてきた光太は理解している。

鬼。世界の国々と文明を破壊した、恐るべき尖兵。

強靭な肉体は生半可な攻撃を通さず、彼らが暴れれば人間なんてゴミのように吹き飛ばされる。

そんな魔物を、倒した？

もちろん、光太ですらも倒したことのない凶悪な魔物だ。

「ま、とにかく梔子くんとも話してみたいんだよね。だから、また今度ね！」

「く、梔子……！」

さっさと共用スペースから出ていったクラスメイトを、呆然と見送る。湧き上がってくるのは、良人への怒りだ。

自分だけが、もっとちやほやされると思っていたのに！

それなのに、いつも自分よりも上に行く。

自分よりも駆け落ちなどで目立つし、顔もイケメンだし、魔物も倒すしぃ！

苛立ちで頭がおかしくなりそうになる。

「お坊ちゃん」

「ぬはぁっ!?　きゅ、急に声をかけるなよ、隠木！　君は姿を消しているんだから！」

そんな時、誰もいない場所で話しかけられる。

すわ幽霊かと思うかもしれないが、小さなころからの知人に、そんな特殊能力を持っている者がいる光太。

それでも、心臓に悪い。

バクバクと高鳴る胸を押さえつつ振り向けば、ぼんやりとだがそこに何かがいることは分かる。

透明化した隠木　焔美がそこにいるのだ。

「あと、僕のことをお坊ちゃんと呼ぶのは止めてくれ。もう僕もいい年なんだから」

白峰家と隠木家は、家同士の付き合いがある。だから、焔美と光太もこの学園に入って初めて顔を合わせたわけではないので、旧知である。

「そんなのどうでもいいっすから」

「え？」

低い声音に驚かされる。

いつも陽気で楽しそうな焔美なのに、今は怒りでいっぱいのようだ。

正直、めっちゃ怖い。見えないのに怖い。

「梔子くん、ぶっ倒しちゃいましょう」

「えぇっ⁉　君、手を出すのは止めておいた方がいいって、ついさっきまで言っていたのに⁉」

光太は、自分以外の数少ない男である良人が気になっていた。だから、焔美に近づかせ、情報を集めていたのである。

あわよくば、自分が彼を圧倒し、格好いいところを見せ、クラスメイトの女子たちからキャーキャー言われようと画策していた。それを否定的になだめていたのが、良人と接していた焔美である。

止めた方がいいと彼女が言い、しかもあの鬼を倒したということから、かなり腰が引けている状態になっていたのだ。

しかし、ここにきてまさかの意見変更。

何があったのか？

「ウチの全裸を見て、あの嫌そうな顔は許せねえっす！」

「ちょっと待って。君はいったい何をしてきたんだ？」

本当に何をしたんだ？

光太の疑問は深くなるばかりであった。

◆

あの忌々しいダンジョン探索から、数日が過ぎた。俺たちは学園に戻ってきて、毎日授業を受けている。

『授業を忌々しいって……』

寄生虫の声がする。

いや、普通に探索するだけだったら、俺もそこまで言わない。誰でも入ることができる場所じゃないから、観光気分的には悪くない。

だが、俺は世界を滅ぼしかけた魔物と戦わされているのである。

ダメだろ。マジで大きな問題だろ。

なんで中学校卒業したばかりの子供が、命がけの戦いに身を投じなければならんのだ。少年兵か？

『でも、結局君たちはマスコミとか教育委員会とかに言っていないじゃん。驚いたよ。見直したと言ってもいい』

寄生虫の言葉通り、俺と綺羅子はあのことを外部に漏らしていない。いい年をした大人が俺に頭をペコペコ下げているのは、なかなか滑稽だった。

とはいえ、もちろんそれで満足しておもらししなかったわけではない。当然、俺にも考えがある。

ふっ、まあな。一時の怒りに任せて浦住たちの首を飛ばすよりも、いいことを思いついたんだ。

『……ん？』

何も分かっていない寄生虫に、得意になって話す。

この不祥事を俺が抱え込むことによって、教師陣は俺の顔色を窺うようになる。

当たり前だよなあ？

だって、俺が外部におもらしをするという爆弾を持っているようなものなのだから。

それを起爆させたら最後、彼らは職を失うどころか世間からも強烈なバッシングを受けることになるだろう。

つまり、俺が何も要求しなくても、気を損ねないように優遇をするようになる。無意識に、俺のことを常に意識し、気分を害さないように行動するようになるだろう。

ある程度の社会的地位と地盤を得ていれば、それを守ろうとするのは当然のこと。それを利用するのだ。

学校において、教師からの優遇があれば、とても生きやすい。

俺の外面で騙して利用してやろうと思っていたが……。

黙ることで俺の評価も上がり、かつ相手の方から自発的に利用されてくれるという状況を作り出せた。

やばい……俺、天才かもしれない……。

『やっぱり、中学卒業直後にこんなことを考えられる君っておかしいよ……』

賢いと言え、賢いと。

「あー、だから、基本的にダンジョンに潜る際には、一人ではなく複数人で行動する。そうすれば、それぞれの欠点を補い合い、助け合うことができるからな」

今はダンジョンの授業だ。

これは、特殊能力開発学園らしいと言えばらしい。普通の学校では、ダンジョンの話はしても、探索の仕方なんて絶対に教えないだろうし。

まあ、俺は全然知りたくないんですけどね。微塵も興味ないんですけどね。

「先生、それはすべての特殊能力者の義務でしょうか?」

「いや、そういうわけでもない。自分に自信があって、かつその力が国から認められていれば、単独でダンジョンに潜ることも可能だ。あたしも潜ろうと思えば潜れる。資格をもらっている。まあ、面倒くさいから絶対にしないが」

なんでこいつ教師なんてやってるの?

どれだけ面倒くさい連呼してんだ、この白髪暴力ロリ巨乳。明らかに社会不適合者じゃん。

『すべてに不適合者が何か言ってる……』

すべてに⁉　どういうことだそれはぁ！

しかし、複数人で行動かぁ。

浦住の言っていたことを思い返す。

正直、大勢と行動するのは好きじゃない。有象無象と一緒にいれば、俺も有象無象と勘違いされかねない。

『自分だけ特別っていう、その底の知れない自信はどこから……』

まあ、肉盾と囮と生贄がいると思えば、別にいいか。そいつらが死んでも、適当に涙流しながら悔やんでいたら、俺の評価が上がるだろうし。

全部俺の踏み台だわ。

『本当にモンスターだよね、君。君ほどねじ曲がった人間は、今までに存在しなかったと思うよ』

このイケメンを捕まえてモンスターとは……。

そんなことを考えていると、どんどんと浦住にクラスメイトが質問をしていっている。

好きだねぇ……。

「先生、なんでそんな危険なダンジョンに潜らないといけないんですか……？」

「あー……お前ら、ダンジョンが突然現れた時のことを知っているか？」

「ダンジョンが現れたことによって、特殊能力者も出てきたんですよね？」

「まあ、そんな感じだな。もともといた特殊能力者が、これを機に公になったかもしれないが、そ

いな。

こはどうでもいいだろう。興味ないし」

超能力者とか称していた連中もいたが、もしかしたら、本当に特殊能力持ちだったのかもしれないな。

全部眉唾物だと思っていたし、今も思っているけど。

「突如、世界各地に七つ現れた、地下迷宮。それがダンジョンだ」

歴史の授業かよ。興味ねぇ……。

『君、興味のある授業ないじゃん』

ヒモになる方法とか、寄生先の見つけ方とか。

『教育機関で何を学ぶんだ、それは……』

「そのダンジョンからは、魔物と呼ばれる怪物が溢れ出し、国や文明を破壊した。実際に抑え込みに成功したとされているのは、日本とアメリカ、中国だけだ」

「ほ、他は滅んだんですか？」

「滅んだ、という表現が正しいかは分からないな。今も劣勢になりつつも戦い続けている国もある。滅んだと言っても、皆殺しにされたわけではないだろうし、そこは不明だ。何せ、連絡が取れないんだからな。ああ、インドは今でも激戦を繰り広げているはずだぞ」

へー、大変っすね。まあ、俺関係ないんすけど。

「私たちはよく知らないんだけど、そんなひどい戦いだったんですか？」

「ダンジョンも一律同じの規模ではなく、魔物の数と質も異なるとされている。日本の場合は、幸運とか偶然とか、そういうところで抑え込めたこともあるだろう。と言っても、被害は大きかった。数百万の犠牲者が出ているしな」

まあ、いきなり国内に現れて化け物が大暴れしたらそうなるわな。それを食い止めたのが、特殊能力を早くに発現して抑え込みに協力した一般市民だ。

今では英雄気取りだ、そいつらは。なあ、綺羅子ぉ！

「その惨劇を二度と繰り返すことがないよう、ダンジョンを調査する必要がある。予兆が分かれば、対策と準備がとれるからな。お前らはそのためにこの学園に強制入学させられたんだ」

だからって、俺の意思を無視して道を強制するとか許されないんだけど。それ、俺以外の奴らがやればいいよね？

……なんで俺が見ず知らずの奴のために、命を懸けてダンジョンに潜らにゃならんのだ。

「そんなに嫌そうにするな。確かに危険だが、だからこそとてつもなく待遇はいいぞ。給金は高いし、ダンジョンにあるものを持ち帰れば、国が高額で引き取ってくれる。一年で億万長者も夢じゃない」

俺以外にも嫌な奴はいたようだ。

しかし、表に出すとは三流め。

俺は一切顔には出さないぞ。

浦住はそんな奴らをなだめるように、金銭的なメリットを話した。

……ほほう？

固定給プラス歩合給みたいな？

ほーん？

『やったじゃん！　これでちょっとはダンジョンに潜る気になるね！』

俺を守銭奴と思ってない？

しかし、俺がダンジョンに潜って危険な目に遭う必要はどこにもない。

いや、適当に捕まえた女にダンジョンに潜らせて、俺は安全圏で養ってもらうのが一番いいな。

うん、そうしよう。幸い、この学園には寄生先候補がたくさんいるし、困ることはない。

なんだよ。やっぱり、世の中って俺を中心に回っているじゃん。

『えぇ……』

「まあ、そんな感じだ。だから、お前らも頑張れよ」

浦住はそう言って話を打ち切る。

それはいいんだけどさあ……。

「………むう」

さっきから、後ろからチクチク背中を刺してくるこの隠木(バカ)をなんとかしてもらっていいっすか？

何してんだ、隠木ぃ！　シャーペン痛いんだよ！

そんなことをしていると、チャイムが鳴る。

あーあ、まだ終わらねえのかよ。

帰りたい……。

「あー、次は体育だな。全員着替えて外に集まるように」

「体育って、何するんですか？」

「ここは特殊能力開発学園だ。なら、やるべきことは決まっているだろ？」

濃い隈のある目で、全体を見据える浦住。

「特殊能力を使った、特別授業だ」

えー、面倒くさ。

◆

「やあ」

更衣室で運動着に着替えていると、男が話しかけてくる。

数少ない……というか、俺以外だったら同じクラスに男はもう一人しかいない。その一人である。

誰の許可を得て俺に話しかけてきてんだ、こいつ？　図々(ずうずう)しいわぁ……。

『クラスメイトが気さくに話しかけてきてくれているんだから、普通に応じなよ……』

誰も話しかけてくれないなんて思っていないしなあ……。

ちっ、無視はさすがに態度が悪いし、仕方ない。会話してやるとするか。

心の底から感謝しろ。

「ああ、こんにちは。えーと……」

「……クラスメイトなのに名前も覚えていない、か。僕のことは眼中にないのかな？」

うん。というか、なんかいきなりキレ出してるし。

笑えるわ。

『笑うなよ』

他人が嫌な思いしていると、なんだか心がポカポカする。

『邪悪すぎない？』

「いやいや、もちろん覚えている。白峰くんだろう？」

今、寄生虫から教えてもらった。

一度も会話したことのない奴の名前なんて知るわけないだろ。ふざけるな。

「ふん、どうだか。必死に思い出そうとしているように見えたけどね」

いいえ、思い出そうともしていなかったです。

「ところで、何か用かな？　あまり話をできていなかったから、そっちから話しかけてきてくれたのは嬉しいよ」

「いや、なに。数少ない男同士だからね。友好を深めたいと思っていたんだ」

そう言う割には、俺に対する敵意が隠せていない。

演技へたくそだなあ。教えてあげようか？

そもそも、友好？　お前が俺と同等の存在だと認識しているのがおかしいわ。

お前、俺より下だぞ。

『どうして初対面でもとりあえず人を見下してみるの？』

俺以外の存在は、すべて塵芥に過ぎない。

「だからこそ、嘘をつくような人にはなってほしくないと思っていてね」

「嘘？」

なんのこっちゃ。

「鬼を倒したと言っていただろう？　隠木から聞いたよ」

「ああ、それは本当だよ」

隠木か。

俺の背中を執拗に突いてくるあの女。お風呂で遭遇してしまった時から、あの調子だ。

だいたい、俺が入っていたところに突っ込んできたのだから、むしろ被害者は俺である。何を被害者面しているのか。

綺羅子は、裸を見ておいて俺の反応が良くなかったから、と理由を推測していたが。

いや、なんで異性の裸体を見ただけで興奮するんだよ。お猿さんかな？

『いや、君くらいの年齢だったら、普通大喜びでしょ』

馬鹿か？　そこらにいるチンパンジーと一緒にするな。

性欲なんて、三大欲求の中で最も不要で、最も容易にコントロールできるものだ。だというのに、それに踊らされて性犯罪を犯したりするバカのなんと愚かなことか。

性欲は一気に知能を低下させる。

だから、俺はそれを完全に支配下に置くことにした。

『置くことにしたって……』

結果として、俺は隠木の全裸を見てもなんら暴走することはなかった。俺は正しい行動をとった。だというのに、どうして……？

「冗談はよしてくれ。最近特殊能力が発現したばかりで、ろくに使ってもいないのに、あの鬼を倒せるはずがないじゃないか」

あ、まだ喋っていたんだ、君。長いなあ……。

「俺だけが言っていたならまだしも、綺羅子も隠木さんも言っているんだろう？　なら、それは嘘ではないと認められるんじゃないか？」

「口裏合わせをしたらどうだい？　隠木も悪乗りをするタイプだからね。そっちの方が面白いと、そう判断したのかもしれない」

「自分の友人を信じられないのは、狭量と言わざるを得ないよ、白峰くん。俺は、そんな人になってほしくないと思う」

君のためだと言いつつもディスる。これぞ、高等罵倒技術。

というか、本当にいい加減しつこいわ。

なんだこいつ。

「……君に説教なんてされたくないよ。そもそも、信じられないものは信じられない。なら、それを証明するしかないだろう」

「どういうことかな？」

「次の授業、特殊能力を使うものだ。最初に例として、特殊能力がどのようなものか、どう使うのかをクラスメイトに見せるのもいいと思っていてね」

得意げに語る白峰。

良くないです。

「僕は白峰家の子供。特殊能力は、ここに入る前から触れている。そして、君は鬼を倒したと吹聴している。どうだろう、僕たちでクラスメイトたちに教示するというのは」

「……どういうことかな？」

『往生際わるっ！　分かっているでしょ、君』

分からねえ。俺には白峰が何を言いたいのか分からねえ。

「僕たちで模擬戦闘をしようということさ。特殊能力を見られて、刺激にもなるだろう。先生には、僕から話してもいい。どうかな？　怖かったら止めてあげても構わないけど」

ふふんと嘲(あざけ)りを含んだ笑みを浮かべる白峰。

ぶっ殺すぞ、綺羅子が。

「随分短絡的だね。君がどうしてそこまで俺に固執するのか分からないけれど、その挑発に乗る理由がないね」

「逃げるのかい？」

「どう思われても構わない。ただ、必要性を感じないだけさ。じゃあね」

俺は着替えると、白峰を置いて更衣室を出た。

なんという大人の対応。

俺、格好良すぎる。

……とりあえず、今回あったことをこっそり相談する形でクラスメイトに広めよう。白峰の評価を下げてやる。

『狡い！』

「…………」

じっと見てくる白峰を無視して、俺は校庭に向かうのであった。

◆

男子勢が着替えているころ、当然女子勢も着替えている。静かで険悪だった男子とは違い、女子たちはキャッキャッと楽しそうに会話をしている。

すでに入学してから数週間が経っているため、もう仲良しグループはできている。そんな中で、綺羅子と焔美も二人並んで着替えていた。

焔美は、何気ない会話をする。

「あー、体育って嫌っすよねー。動いたら痛いっすし」

（……動いたら痛い？　そんな経験一度もないけど？）

綺羅子の、焔美に対する好感度が大幅に低下した瞬間だった。

◆

校庭にぞろぞろと集まる有象無象ども。

『普通にクラスメイトって言えないのかな？』

運動着に着替えた俺たちの前に、浦住が立つ。

本当に小さいな、このバイオレンスゴリラロリ。

「おーし、集まったかぁ。面倒オブ面倒の、特殊能力を使った授業だ。止めてえなあ……」

なんだこいつ……。じゃあ、どうしてお前教師になったんだよ。

こいつを採用したバカは誰だ。何をもってこれを未来ある若者を導く大人として見ることができたんだ。

「ふわあ……ねむ。ねえ、枕になりなさいよ」

「この状況で何を言ってんだ、お前。シャキッとしろ、もたれかかるな鬱陶しい」

隣に来ていた綺羅子が、コソコソと話しかけてもたれかかってくる。

こいつは、軽い。乳がないからな。

だから、寄り掛かられるくらいなら別に大してしんどくはないのだが、こいつが楽をしているという事実が俺の精神をすり減らす。

少しでも、綺羅子には不幸になってほしい。

だから、彼女が楽をするのは許せないのである。

「皆の特殊能力が気になるし、いい授業よね」

「自分の特殊能力のこともいまいち分かっていないから、楽しみだったのよ！」

クラスメイトたちは一気に沸き上がる。

若いねぇ。俺なんて、一刻も早くこの特殊能力から解放されたいと思っているけど。

いらないわ、これ。

こんなものがあるせいで、俺は公務員というクソブラック労働者になることが定められているのである。

しかも、命の危険がマシマシの。

地獄かな？

「あー、きゃあきゃあしたがるのは分かる。というか、毎年そうだ。突然人智を超えた力を手にしたんだから、それに興味を持って遊びたくなる気持ちも分かるぞぉ」

いいえ、遊びたくありません。

「だけどな、特殊能力を甘く見るなよ。これは、簡単に人を殺せる凶器だ。お前らは、ピストルを持っていると思え。簡単に人を殺すことのできる、危険極まりない武器を持っているんだ」

浦住がめったにない、教師らしい姿を見せている。そのため、はしゃいでいたクラスメイトたちも、彼女の言葉を聞いていた。

少々ビビっているのだろう。人を容易に殺すことのできる凶器を、自分たちが持っていると思えば、それもそうだろうが。

俺はなんとも思っていないけど。俺の特殊能力、無効化だしな。

相手を攻撃する力なんて微塵もない。

心優しい善人の俺に相応しい能力ですね……。

「言われているぞ、綺羅子」

俺よりもはるかに殺傷能力の高い力を持っているのは、綺羅子である。

あの爆発する深紅の槍。無からそれを作り出すことができるのだ。非常に強力である。

……あれ、もう気安く蹴落とそうとすることができないのでは？

「不必要には殺さないわ」

『必要なら殺すのか……』

なんて女だ……。

もちろん、俺は人殺しなんてしない。

『へー、常識があってびっくり。どうしても戦わないといけないときとかどうするの？』

常識人の中の常識人である俺になんてことを……。

まあ、どうしても殺さないといけない相手がいたら、綺羅子や他の連中が殺すように仕向ける。

俺の手は汚れない。邪魔者は消える。

うん、最高だ。

『うん、最低だ』

「そんな大層なこと？」

「簡単に人を殺せるとも思えないし……」

しかし、浦住の話を聞いても、いまだに緩い考えの者もいる。

当たり前だ。まだ中学校を卒業したばかりの子供なのだから。

しかも、この学園に望んで入学したのではなく、強制的に入学させられていれば、特殊能力というものに対する意識も低いだろう。

だから、俺も意識が低くても問題ないのだ。

『結局、自分を正当化するためだけの言葉か……』

「あたしが教師でいるのを、不思議に思っている奴らもここにはいるだろう。悪い意味で」

はい。

「あたしがこの学園に雇われている理由は簡単だ。お前らの中に図に乗って公序良俗に反し、国家に敵対する輩を……」

スッと足を上げる浦住。そして、それを振り下ろす。

駄々をこねているのかな、お嬢ちゃん？

「……力づくで、踏みつぶせるからだ」

浦住の足が地面に着いた瞬間。

ズドン！　というとてつもなく重たい破砕音が響き渡る。

もちろん、それは浦住が発生させたもの。

彼女の震脚によって、硬い地面に亀裂が入っていた。

『…………ッ!?』

一気に緊張が走る。

が、ガチのゴリラだった……？

学名で言う、ゴリラゴリラゴリラ!?

「まあ、お前らの中に調子に乗り、特殊能力に踊らされるバカもいないとは思う。あたしもそんなクソ面倒くさいことなんてしたくないから、しっかり授業を聞けよぉ」

ジロリと隈のある目で見据えられる。

どうして俺を見ているんですかねぇ……。

もちろん、俺は浦住先生閣下(かっか)のお言葉を、一言たりとも聞き逃すつもりはなかった。

分かったか、お前らぁ！　閣下のお言葉を聞き逃すんじゃねえぞ！

『何、この三下ムーブ』

「先生、少しいいですか？」

「なんだ？」

手を挙げていたのは、白峰だった。

おらぁん！　浦住閣下に手間をとらせるんじゃねえよ！　プチュッと潰(つぶ)されてえのか、ああん!?

「先生のおっしゃること、ごもっともだと思います。だからこそ、いきなり自分たちの特殊能力を使わず、どういったものなのか、どれほど危険なものなのかを知る必要があるでしょう」

「何が言いたい？」

「デモンストレーションをしましょう。特殊能力がどういったものか、まずは見てもらうのです」

……嫌な予感がする。綺羅子、背中を貸せ。

「私の背丈であなたは隠れないわよ」

「そうだった……。お前、チビだったわ……」

「殺されたいのかしら？」

いかん。敵が増えた。

『自業自得なんだよなあ』

「あー……それは、さっきみたいにあたしがやればいいのか？」

心底面倒くさそうな浦住。

さっき、ちょっとだけ上がった教師評価がまた底辺になった。おめでとう。

「いえ、先ほど見せてもらったことから、新鮮味がありません。新しい方がいいでしょう」

「そうか」

何ちょっとホッとしてんだ、このクソ教師。

嫌だああ！　止めろおおお！　何が言いたいのか分かるから止めろおおお！

「もちろん、素人にデモンストレーションをしてもらうわけにはいきません。だから、白峰家の子供であり、小さなころから特殊能力と触れ合ってきた僕。そして……」

ついには、がっつりと俺を見る白峰。

いやぁ、見ないで変態！

「鬼を倒したと吹聴している梔子くん。この二人で、模擬戦闘をやろうじゃないか！」

浦住が、クラスメイトたちが、そしてニヤニヤと嗜虐的な笑みを浮かべた綺羅子が、俺を見る。

見るなって言ってんだろ、ド変態ども！

「さあ、どうだい、梔子くん⁉」

勝利を確信したように笑う白峰。

一対一で断られても、こうして大勢の前ならばと思ったのだろう。多くの人の目がある場所ならば、プライドもあって断らないのではないかと見たのだろう。

それに対して、俺はふっと笑みを浮かべて言った。

「嫌です」

「…………え？」

空気が凍る。というか、時間が止まった。

おかしいな。俺の特殊能力って、時間操作系だったか？

だとしたら、一刻も早く巻き戻してこの学園に入らないことにしたいんだけど。

「……この状況で断れるのは凄いわ」

『凄いね。こんなに簡単にプライドを捨てられるのは』

綺羅子と寄生虫の言葉。

なんだお前ら。プライドで自分を守ることはできない。

「えぇ!?　ちょ、この状況で断るの!?　ぼ、僕が言うのもなんだけど……」

「あー、いいのか、それで?」

唖然とする白峰と、いつも面倒くさそうにしているくせに、やけにこっちを気づかわし気に見る浦住。

なんだお前ら。

「ええ、もちろん。白峰くんは特殊能力をしっかりと扱えるでしょうが、俺はしょせん最近自覚しただけですから。(白峰くん風情じゃ)相手になりませんよ」

白峰じゃ役者不足だ。

『いや、プライド持ってるし高いっ!?』

「ふ、ふーん、ビビりなんだね。僕に勝てないと思って、諦めたんだ」

虚勢を張るように、笑みを浮かべる白峰。

………コロシテヤル。

『心の中でもすっごい小声ですっごい殺意だ……!』

「やっぱり、鬼を倒したなんて嘘だろうね。君みたいな臆病者が、あんな凶悪な魔物を倒せるはずがないし。ふふっ、ダサいなぁ」

俺が戦わないと分かったため、徹底的に貶めにかかってくる白峰。

正直、こいつの言動にはブチ切れである。

地獄すら生ぬるい。無間地獄だ。一生苦痛を味わって、生まれてきたことを後悔しながら死んでほしい。

だが、俺はそれを抑え込んでいる。

なぜか？　白峰が、自分から奈落の底に堕ちていっているからである。

馬鹿だなぁ、こいつ。

俺をこき下ろしたいのだろうが、こいつは自分で墓穴を掘っている。

こんなにも他人を見下して貶めていたら、周りで見ていていい気持ちになるはずがない。

あまつさえ、俺はクラスメイトたちと非常に関係が良好だ。

何せ、イケメンだからな。

『顔の良さをここで強調する必要はあった？』

学生なんて、顔が格好いいとか可愛いとかでしか考えていない低能だぞ。俺みたいなイケメンが丁寧に優しくふるまっていれば、簡単に人気者だ。

ちょろいもんだぜ。

そんな俺を、白峰は徹底的にこき下ろしている。奴もそこそこ整った容姿だが、この高慢な性格もあいまって、俺の方がはるかに人気がある。

つまり、人気者を貶めようとしたら、逆に白峰の評価が地に落ちているのである。

「ちょっと言いすぎだよね」

「いきなりそんなこと言ったって、梔子くんもびっくりするよ」

俺を貶すことで一生懸命な白峰は気づいていないが、クラスメイトたちはそんな話をしている。

ふっ、ほらな。

周りのことをちゃんと見れていないぞ、白峰くん～？　あと、基本的に悪口を言って評価が上がることはないからな。

だから、俺は決して人前では悪口は言わない。

内心の自由だぞ。

『心の中でとんでもない罵詈雑言を吐いているけどね』

さて、白峰の評価がどこまで下がるのか見ておこうか。

俺はニヤニヤとしながら高みの見物を決め込んでいると……。

「聞き捨てなりませんね……」

そんな言葉が響いた。

もちろん、俺の声ではない。

それは、俺の隣……綺羅子の声だった。

「なに!?」

『なんで君が一番驚いているの？』

驚愕する俺をしり目に、綺羅子はキッと白峰を睨みつける。

「良人は決して臆病者でも、性格が悪いわけでも、実はドクズというわけでも、無気力でも、甲斐性なしでも、悍ましい人間とも思えないようなドブのような性格というわけでもありませんわ！」

「ちょっと待て」

そこまで言われていなかっただろうが！　全部お前が俺に思っていることだな!?　ぶっ飛ばすぞテメエ！

「君は……ああ、梔子くんの幼なじみだね」

「そうです。だから、あなたよりも良人のことを理解しています。良人は、決してあなたなんかには負けませんわ！」

ふふんと、ない胸を張る綺羅子。

はあああああああああああああああ!?

何言っちゃってんの、こいつ!?

馬鹿なの？

とんでもないバカなの？

知ってたけども！

しかし、まさかこの女がこの状況で、この俺を庇うなんて……！

『いいことじゃん。こういう中で味方してくれる人は、かけがえないと思うよ』

馬鹿やろう！　こいつが純粋に俺のことを思って言葉を発したわけじゃないのが分からんのか！

ただ単に、俺が戦うことを嫌がっているのを見て、だからこそ戦わざるを得ない状況に持ち込もうとしているだけだ！

見ろ、こいつに庇われたせいで、『ここで男を見せないとだめだよね』的な雰囲気が広がり始めている……！

悪……この世すべての悪だ……！

「きゃあ！　やっぱり、彼氏の悪口を言われたら我慢できないわよね！」

「駆け落ちカップルよ。当然じゃない！」

クラスメイトたちの姦しい声が聞こえてくる。先ほど白峰の評価が下がっていた時はとても聞きたい声だったのに、今ではまったく聞きたくない死神の声だ。

そ、そうだ。俺は、綺羅子がこの状況で妨害してくるとは想像していなかった。

その理由がこれだ。これだけ多くの目があり、その中で俺を庇うようなことをすれば、こうなると思っていたからだ。

遺憾ながら、本当に不愉快ながら、俺と綺羅子はそういう関係だと思われている。そして、嫌がっているのは彼女も同じ。

その勘違いをさらに強固なものにするような行為をするとは、思っていなかった。

きゃあきゃあと騒いでいる今がチャンス。

俺はこっそりと綺羅子に話しかけた。

「正気かお前！　こんなことをしたら……」

「ええ、分かっているわ。こんなことをしたら、私が苦しむことくらい」

人と恋人関係と思われることで苦しむって、なかなかひどくない？

しかし、綺羅子もしっかりとリスクを把握していた。

馬鹿な……。それだったら……。

「だったら、どうして……！」

理解できないものを見る目で、綺羅子を見る。

彼女は俺を見て、にっこりと笑った。

それは、慈愛に満ち満ちた、優しいもの。

聖人でも、これほど優しい笑顔はできないだろう。

「あなたが苦しむからよ。あなたが苦しむのであれば、この程度の苦しみ、私は引き受けるわ」

「き、貴様……！」

前言撤回。

何が聖人だ。悪魔そのものじゃないか。

『えぇ……。君たち、本当にどういう関係なの？　どうしてこんなことになっているの……？』

寄生虫が知る必要のないことだ。

「……そこまで、他人のために思いやることができるのか」

「ん？」

綺羅子に戦々恐々としていると、白峰がポツリと呟いていた。

お、どうしたどうした？

「僕の周りにはいなかった女性だ。凛々しく、気高く、そして慈悲深い」

「ちょ、ちょっと？」

何やら不穏な雰囲気を感じ取り、綺羅子が慌て出す。
一方で、俺は期待感に胸を膨らませる。
頼む、頼む……！
白峰、決めてくれ……！
「ああ、決めたよ」
本当!?
「梔子くん、彼女——黒蜜 綺羅子さんを賭けて、僕と勝負しろ！」
俺に指をビシッと指して、宣言した。
誰に指さしてんだ、クソが。
しかし、今は許してやろう。
『きゃああああああああああ!!』
漫画やアニメなどで使い古された展開。
だが、だからこそいい。
そんなクラスメイト達が歓声を上げる中、綺羅子は目を白黒させていた。
「なっ、なっ……!?」
非常に慌て出す。冷や汗も凄いことになっている。
そんな彼女は、救いを求めるように俺を見てくる。
ついでに、俺の袖まで掴んでいる。

だから、俺はそんな彼女を安心させるように、優しい笑顔を浮かべるのであった。

ニチャァ……。

「いいだろう。綺羅子も巻き込むと言うのであれば、俺ももう我慢の限界だ。彼女は渡さないぞ」

「ッッッッッ!?!?!?!?!?!?!?」

『うっわ、こんなあくどい笑みを見たことがないよ……』

聖人並みに慈愛に満ちていただろうが。

◆

校庭がコロシアムみたいになっていた。

演習場と言えるだろうか。

そもそも、特殊能力を扱う授業だと、模擬戦は割とあるらしい。

まあ、化け物と戦う力を身に付けるためだから、切磋琢磨(せっさたくま)しなければならないのも理解できる。

そこに俺が混じっているのは理解できないが。

そのコロシアムに出る控室で、俺は綺羅子といた。

なんでこいつここにいるんだよ……。

そんなことを思いながら、時間が経つのを待つ。

さて、白峰と戦うことになったわけだが……。

「よし、負けて綺羅子を押し付けてやろう」

「ぶっ殺すわよ」

俺の決意をくじくように、綺羅子が強烈な殺意を向けてくる。

な、なぜだ……？

「白峰家って有名なんだろ？　良かったじゃん、玉の輿で。羨ましいわ、マジで」

クラスメイトが言っていたことを思い出す。

金持ちとか許せねえわ。没落しろ。

「嫌よ！　英雄七家の一つじゃない！　慣習とかえぐそうだし、外様（とざま）の嫁入りとか地獄よ。絶対姑（しゅうとめ）とかにいじめられるんだわ……」

ブルブルと震える綺羅子。

英雄七家ってなんぞや。

もともと、俺はこういう世界に飛び込むとは微塵も考えていなかったため、そっち方面の常識は欠けている。

英雄七家とかいう中二病全開の言葉も知らなかった。

……というか、その名前だっさ。

綺羅子も俺と似たような感じかと思っていたが、こいつの家はそれなりの名家だ。だから、俺よりは知識があるのだろう。

「なあ、英雄七家って何？」

「……えぇ？」

「そのバカを見る目は止めろ！」

白い目を向けるのは止めろ！

無知は恥ずかしいことじゃないだろうが！

だいたい、俺が知っていないということは、生きていくうえで不要な情報だということだ。

つまり、大した話ではない。

たぶん……。

「いや、バカというか……今の時代の常識でしょ？　知らないなんて嘘じゃないの？」

「だって俺特殊能力関係って、一切関係ない話だと思っていたから、不要な情報だと思ってシャットアウトしていたんだよな。あと、単純に興味がなかった」

ヒモとしての能力を高めるために、常に研鑽（けんさん）していたからなあ。

外見、言動、言葉遣い。

どれもこれも、研鑽のおかげで世界最高となった。

今まで費やしてきた時間は、間違いなく無駄ではなかった。

「あなたの家も割と名家でしょうが。お父さんが泣くわよ？」

「あいつが泣くのは面白いから、そのままにしておこうかな……」

「止めてあげなさいよ。面白そうだけど」

『君たちの倫理観って、いったいどうなっているの？　実の親を泣かせてキャッキャできるって……』

普通の親じゃないし。

まともな親だったら、別にそんなことは思わなかっただろう。

……たぶん。

「で、結局英雄七家って何？」

「はあ、仕方ないわね。生きる価値がないほどのバカの良人にも分かるように説明してあげるわ」

一言余計だよなあ、このクソ女ぁ！

とはいえ、ここで怒鳴り返せばいつまで経っても英雄七家とやらが理解できない。

ということで、大人しく聞いてやることにした。

感謝しろ。

英雄七家とは、昔に存在した七人の英雄の一族である。

過去、ダンジョンが突如として現れ、そこから魔物が溢れ出した大惨事があった。

そのおかげで、かつては二百近くあった国の大部分が滅び、百億に届かんとしていた人口も大きく減少した。

強大な軍事力を持っていて、初動で軍を動かせたアメリカなどはうまく抑え込みに成功していたが、日本では自衛隊を動かすことさえかなり時間がかかった。

つまり、初動では明らかに出遅れた。

本来なら、日本も滅ぼされた国と同じような結末を迎えるはずだった。

そうならなかったのが、特殊能力者の出現である。

しかも、彼らは自分たちの意思で、魔物と戦って日本を守ろうとした。

その数は、七人。

のちに、七英雄と呼ばれる者たちである。

そんな彼らの奮闘があったからこそ、魔物の進軍を一時的にとはいえ停滞させることに成功。

そこまでくるとさすがに日本政府も重たい腰を上げざるを得ず、自衛隊が動いてなんとかダンジョンに魔物を押し返したというわけだ。

そんな歴史があるから、七英雄は文字通りヒーローとして称賛された。

彼ら本人はもちろんのこと、彼らの血族にまで大きな権威と力を齎すほどに。

今では、七英雄でも鬼籍に入った者もいるが、その一族の持つ権力は強大で、それこそ日本を牛耳っていると言えるレベル。

それが、英雄七家と呼ばれる一族たちである。

「分かった？　今、この国を実質支配下に置いているほどの、強大な力を持つ血族集団のことよ」

長ったらしい説明を終えた綺羅子は、そう言って締めくくった。

ほーん、なるほどなるほど。

「ああ。俺を上から見下ろして支配した気になっているお気楽バカ集団ね。覚えた」

『何を覚えたの？　罵倒の種類？』

まあ、気に食わない存在であることは間違いないだろう。

こっちから積極的に関わるようなこともなさそうだ。

金持ちの女と結婚する必要はあるが、あまりにもとびぬけているとクソ面倒なのだ。

そういうところって、配偶者にも相応の言動を求めてくるから。

まあ、俺は演技で完璧にできるだろうけど……だるいのはだるいしな。

綺羅子と会話していて思ったが、お前の家も英雄七家並みじゃないの？

それに、大人しく姑にいびられるようなタイプじゃねえだろ。

というか、お前は姑がいじめてきたら、ボコボコにやり返すだろ。この女が大人しくやられっぱなしでいるとは、到底思えなかった。

「と言ってもさ、相手ってガキのころから特殊能力に触れて鍛えてきたんだろ？　いや、勝てないだろ、どう考えても」

「大丈夫。クズ度なら圧勝よ」

「戦闘ってクズさ加減で優劣が決まるんだっけ？」

あと、誰がクズだ、このクズ！

俺ほどの善人は、この世に存在しないほどだぞ。

『善人の定義から勉強し直した方がいいと思うよ』

「しかも、鬼をぶっ殺したのって、綺羅子じゃん。俺の能力じゃあ、攻撃手段なんかないんだけど」

そうだ。なぜか白峰は俺が倒したとか言っていたが、止めを刺したのは、このミス・ゴリラウーマンの綺羅子である。

断じて俺じゃない。

綺羅子が白峰と血みどろの戦いをするべきだと思う。

「うじうじ言っていないで、どうしたら勝てるかを考えなさい」

「いや、無理だな。怪我しないうちにさっさと白旗揚げよう。できる限り格好いい感じで（分かった、俺なりに頑張ってみるよ）」

「本音と建前が逆だし、格好いい白旗の揚げ方なんてないし」

ジト目で睨まれるが、俺はひるまない。

いや、あるはずだ。白旗を揚げても格好悪くなく、評価が下がらない方法が。

まあ、なんだ。

クラスメイトを傷つけることなんてできないよ……とか言っておいたらいいだろう。優しさアピールもできる。

おいおい、天才か。これで、何も心配する要素はなくなった。

俺は立ち上がり、伸びをしながら言った。

「よし、負けてくるかぁ」

「勝ちなさい！　絶対に勝つのよ！　嫌よ、私。あんなのと結婚するの。金持ちだけど私に一切求めず、家事とかも全部してくれる男と結婚するのよ」

「胸を張って言うことじゃねえんだよ、このドクズ」

必死に背中に声をかけてくる綺羅子を無視し、俺はコロシアムの中へと向かう。

あー、だるい。帰りたい。逃げたい。

『で、本当にどうするの？』

寄生虫が問いかけてくる。

だから、言ってんだろ。なんかいい感じに負けるわ。

そして、俺は決戦の場（負けることに対する決意は凄い！』

『あやふやなくせに、負けること前提）に向かったのであった。

「ほんっとおに戦うんっすね、梔子くん」

と思っていたら、まだ邪魔者がいたか。

何も存在しないはずの、誰もいない空間。

しかし、ごく一部だけ、ぼんやりと歪んでいた。

普通の人間なら気づかない程度の誤差だ。

だが、俺は周りを常に意識している。

俺を攻撃するような危険な予兆に、素早く気づくためだ。

つまり、誰も信じていないからこそ、不信の塊だからこそ、俺は隠木を見失わずに見つけ出せる。

「隠木か」

「……ウチのいる場所を正確に見据えるって。自信をなくしちゃいそうっす」

「今更だな」

俺はお前のことを信用していないからこそ、お前を認識できるのだ。当たり前のことを、今更聞かないでもらいたい。

「……それは、ウチの全裸を見たからってことっすか？」

「違う」

いきなり何を言い出してんだ、こいつ。

お前の裸は、俺にとって一円の価値もない。

「俺たちは友達だろ？　だから、君のことを見つけられるのも当然さ」

「うぅ……今になって、お坊ちゃんをたきつけた罪悪感が……」

何やら後悔しているような雰囲気が。

……ちょっと待て。お前、今たきつけたって言ったか？

あのクソ野郎が俺にやけに突っかかってくるようになったのは、まさかテメエが原因じゃねえだろうなぁ！

『ほら、あれだよ。裸を見た対価っていうか……』

誰が望んでこいつの裸を見たんだよ！　いきなり見せつけられた俺の方が被害者だわ！

あと、何度でも言うけど、俺は異性の裸に価値を見出（みいだ）せない。

つまり、対価はゼロである。

はい、終わり！

「まあ、これが終わったら、また一緒に授業を受けよう」

もう面倒くさいから、適当にいいことを言って歩き出す。

これから、適当に格好いい白旗を揚げなければならないのだ。そして、白峰に綺羅子を押し付ける。

あいつが近くにいると、家のこととか色々面倒くさそうだし。あと、簡単に騙されてくれない奴が近くにいると、大変なのだ。

「……ちょっと待つっす」

また呼び止められる。

まだ何か用かよ、鬱陶しいな。

俺のイライラは増すばかりだ。

「今のままじゃ、お坊ちゃんにあまりにも有利すぎるっす。だから、ほんの少し」

いつの間にか近づいてきている隠木。

怖い。お化けみたい。

そんな俺の感情を知る由もなく、彼女はこっそりと、どこか楽しそうに話した。

「ズル、しちゃいましょう」

◆

コロシアム（意訳）に出る。

前に待っていたのは、白峰　光太だ。

その前に、梔子　良人がゆっくりと歩いていく。

そんな彼に、光太が優越感に満ちた笑みを浮かべて話しかける。

「逃げずに来たことは、褒めてあげよう」

「当たり前だ。綺羅子のことも持ち出されて、逃げるわけにはいかないからな（え、逃げてよかったの？　先に言えよ。逃げていたのに……）」

それに対し、良人も（表面上は）勇ましく答えるのであった。

「さて、どうかな？　観衆はクラスメイトだけだから、小規模なものだ。しかし、僕が君を打ち倒したという情報は、他のクラスにも浸透するだろう。すなわち、僕の方が優れた男というわけだ」

優越感たっぷりに、白峰　光太は良人に話す。

彼は、もはや自分が負けるとは微塵も考えていない。目の前の男を倒し、名声を手に入れたその後の姿しか想像していないのだ。

そして、自信家であることは間違いないが、的外れな妄想というわけでもない。

何せ、光太は英雄七家の一つ、白峰家の子供。一般人なら中学校卒業間近で受ける特殊能力検査で初めて力の有無が分かるが、光太はさらに小さなころに、すでに特殊能力の検査を受けて、それを鍛えてきた。

つい先日手に入れたばかりの力を扱う者に、負けるはずがないのだ。

「そうか。戦闘能力で人間の優劣をつけようとしているのはどうかと思うが……（なんだこいつ。

結局、俺を差し置いてモテたいだけかよ。言っておくが、ゲロ甘で金持ちな女子生徒は俺のものだぞ）」

『何その気持ち悪いほどのクズ発言は……』

あくまで光太を心配しているアピールをしつつ徹底的に貶す良人。これくらいのマルチタスクは余裕である。

その他大勢のクラスメイトを持っていくのは構わないが、自分を養ってくれそうなクラスメイトだけは、絶対に譲るつもりはなかった。

「ただ強いというだけでクラスメイトの彼女たちから好かれると思っているのは、彼女たちへの侮辱に他ならない。訂正を求めるよ」

良人はキリッと顔を作って言う。

別に、光太はクラスメイトたちを侮辱していない。しかし、良人がそう言えば、なんとなくそんな感じもしてくる。

これを聞いていたクラスメイトたちも、良人が自分たちを庇ってくれて、光太が自分たちを見下している、ように感じ取ってしまう。

印象操作である。

（きゃー。あー、本当白峰くん、しゅき……）

この男、馬鹿にされたり侮られたりしたことは絶対に許すつもりはないが、それでも光太に対して好印象を抱いていた。

光太の評価を下げ、自分の評価を上げる隙を必ず作ってくれる。綺羅子を引き取ってくれる。

（もう、これはマイベストフレンドと言っても過言ではない）

『君の友達認定の理由がひどすぎる』

勝手に親友判定される光太。不憫で仕方ない。

そもそも、自分を引き立てるアクセサリーとしか思っていない相手を親友と呼ぶ良人の腐った性根がやばい。

「よし、準備はいいかぁ？」

（良くないです）

浦住の声。

そういえば、今から光太と戦闘をしなければならないのである。

適当に白旗を揚げる気満々の良人であるが、やっぱり面倒ごとに巻き込まれたことを思い出し、彼に対する評価を一気に下げた。気分屋なのである。

「随分やる気になっているようだが、あくまでこれはデモンストレーション。特殊能力がどういったものか、どれほど危険なものかを知らしめるためのものだ。決してやりすぎるなよ」

「ええ、もちろんです。もっとも、危険なのは梔子くんだけでしょうが」

（この俺を侮った？　許せねえわ……）

『プライドたかっ！』

光太としては、ここで良人を圧倒し、上回れば、自分を慕うクラスメイトの方が多くなるだろうと考えていた。

そして、こちらを油断なく見据えてくる彼に負けるはずもないと。

内心怒りまくっている良人、光太を蹴落とさないと気が済まなくなる。

「そうやって足元を見ないと、とんでもないことになるということを教えてやるよ」

「それは楽しみだ」

ふっと笑い合う二人。

まさに、好敵手。男同士らしい会話に、クラスメイトもドキドキ。

なお、その好敵手のうちの一人はさっさと白旗を揚げて幼なじみを押し付けるつもりである。

「良人ー!!」

そして、その未来を知っていて、決して許容できない女がいた。

名を、黒蜜　綺羅子。適当に都合のいい男を捕まえて、のんびりと財産を貪り(むさぼ)ながら生きていく所存の女である。

まさしく、彼女の姿は良人を気遣うもの。

自分のために戦うその姿を案じる、幼なじみの……。

「絶対に、絶対に絶対に絶対に絶対に絶対に絶対に絶対に絶対に絶対に絶対に絶対に絶対に絶対に絶対に絶対に絶対に勝ってくださいねー!!」

違った。くぎを刺していただけである。

――――簡単に負けたら殺すぞ。

【絶対】という言葉の数だけ殴られそうである。

「ああ、もちろんだよ（ひぇ……）」

『怖い……。どれだけ白峰くんが嫌なんだ……』

ガチビビりする良人と寄生虫。こういう反応だけは仲良しであった。

「あー……まあ、あたしに始末書とかを書かせない程度にやれよ。じゃ、はじめ」

浦住は面倒くさそうに、しかし自分が一から授業をしなくてよくなったので、ちょっと機嫌は良かった。

試合開始の直後、光の弾丸が良人を襲う。

それは、外れて少し離れた地面に着弾した。

「…………」

チラリと横目で着弾を確認する。

硬く踏みしめられた地面がえぐられている。訳の分からない力は、それだけの威力を秘めている。

人体に着弾したらどうなるだろうか？　ヘタをすれば、骨を粉々にされ、臓器を破壊されることだろう。

それを見て、良人は即座に頭を回転させ、〇．一秒で答えを出した。

（あ、ダメだ。勝てねえ。逃げよう）

『早いよ！』

（馬鹿野郎！　地面がえぐれているんだぞ!?　こんな攻撃をくらったら、確実に死ぬわ！　なんで人間が一撃で地面をえぐれるんだ、おかしいだろ！　そんなゴリラと戦いたくないわ！）

戦略的撤退。

もともと、白旗を揚げて敗北する気満々だったが、加速度的にその瞬間が早まる。

「ずっと特殊能力に触れてきたというアドバンテージがあるから、僕は君にハンデをあげよう。僕の特殊能力についてだ」

なんてことを考えていたら、光太が得意げに話し始める。

優位な立場をひけらかしたいのだろう。

ただでさえ着火の早い良人の導火線、燃え上がる。

「僕の特殊能力は、『光』。このように、光を集めて攻撃することができる。輝かしい僕に相応しい力だろう？」

「ああ、きれいだ」

「ふふん、分かっているじゃないか」

敵からの称賛に、さらに気を良くする光太。

しかし、彼は気づいていない。良人のもともと数十センチもないクソ短い導火線は、すでに燃え尽きているのだということに。

「ただ、それを扱う者は、どうやらそうでもないらしいな」

「……ふーん」

降参するよりもとりあえず相手を煽る。これ、良人の心意気なり。

スッと冷たくなる光太の目。

そこには、強烈な敵意がにじんでいた。

煽っておいてビビりつつ、良人は焔美からのアドバイスを思い出していた。

『まず、ウチからのアドバイスとしては、お坊ちゃんに考えさせないようにすることっす。あれ、めちゃくちゃ短気なんっすよ。賢いんすけどね。だから、ちょっと挑発するだけで、簡単に理性を吹っ飛ばせるっす』

「まだ減らず口を叩けるんだったら、素晴らしいことだよ。それが、いつまで続けられるか、見ものだね！」

光太は掌から光の弾丸を乱射する。

その数はすさまじく、また威力も上がっている。

先ほどの威嚇射撃とは、比べものにならない。当たりどころが悪ければ、瀕死になることだろう。

『とりあえず、光を乱射させてくださいっす。特殊能力だって、無限に行使できるわけじゃないっす。とくに、お坊ちゃんって体力がないんすよ。とりあえず、疲れるまで無駄撃ちさせましょう』

『いや、その過程でやられないか？』

戦闘のせの字も知らない男、梔子良人。

同級生との喧嘩すら全力で避けて、うまいこと世渡りしてきた男だ。時間稼ぎもできる自信はなかった。

なお、口で煽りまくる余裕はあった模様。

『いやいや、梔子くんには、チート一歩手前のとんでもなく強力な特殊能力があるじゃないっすか』

姿は隠していても、焔美がいたずらな笑顔を浮かべていたことは分かった。

というか、親しくしている光太を割と売ってきていた気がするが、まあ良人としては自分のためになるからオッケーである。

もちろん、彼女のことは人として絶対に信頼しないと決めたが。

「…………ッ！」

一発の光弾が、ついに良人を捉える。

大ダメージを与える。

それは、光太も、浦住も、そしてクラスメイトたちも思った。

（平気でしょうから、さっさとぶっ殺しなさい！）

なんとも思っていなかったのは、綺羅子だけである。

当たった直後、その光弾は一瞬ののちに霧散した。そう、凶悪な良人の特殊能力、無効化である。

「なっ、なに⁉」

（こ、こえぇ……）

なお、死にかけた恐怖は消えない、無効化されない模様。

◆

「え、白峰くんの攻撃が消えた？」

「攻撃を途中で止めたのかな？」

光太の攻撃が霧散したことに、戸惑いを隠せないクラスメイトたち。防いだ様子もなかったため、攻撃した彼自身が取り止めたのだと考える者が多い。

そうでないことを知っているのは、教師である浦住と彼の能力を知る幼なじみの綺羅子である。

「お前の幼なじみは、大した特殊能力を持っているようだな」

「自慢の幼なじみなんです（何よ、あのチート。私が欲しかったんだけど）」

ニッコリと笑いながら、内心では嫉妬心を燃え上がらせる綺羅子。

鬼を一撃で破壊する威力を持つ特殊能力も、十分チートである。

隣の芝は青く見える。

それが、良人のものであれば、なおさらだ。

「あいつは何か特別な家系なのか？」

「いいえ、普通ですよ（親はあれだけど）」

光太のように、白峰家という優れた家系ならば、あれだけ強い特殊能力も理解できる。

無効化というのも、頭二つも三つもとびぬけるほどの優秀な力だ。それが、突然変異的に良人に発現したというのは、なかなか考えにくいことだった。

「そうか。鬼を倒したことから、お前と同時に興味深いと思っていたが……」

じっと浦住は良人を見る。

その濃い隈は健在なものの、見るからに気だるそうな目は、その色をなくしていた。

観察している。

無機質な、実験体を見るような目だった。

「面白いな」

そして、その目は良人だけでなく、綺羅子にも……。

「(……なんか私も目をつけられていない？　良人をあげるから、私のことは見逃しなさいよ)」

とりあえず、良人を売ることにする綺羅子であった。

◆

「く、クソ！　これが隠木の言っていた無効化か。どれだけでたらめなんだ！」

何度も懲りることなく、光弾を放ち続ける光太。

実をいうと、彼はちゃんと手加減していた。このデモンストレーションで人殺しにはなりたくない。それだけの威力があるのが、特殊能力である。

しかし、焦りからか、その手加減は完全に忘れて、本気の攻撃を仕掛け続ける。

そして、それはことごとく良人によって無効化されていた。

(うわぁ、すっごい光。まぶしいわ。なんにも見えねぇ)

『すっごい余裕』

（だって、俺この状況でできることなんて何もないし。ひたすら過ぎ去るのを待つしかできねえわ）

頭の中の異分子は余裕と言っているが、それは正しくない。

諦観(ていかん)である。

ぶっちゃけ、何が起きているのかすらさっぱり分からないのが、今の良人である。

本気の光弾は非常に大きく、まばゆい。目の前でフラッシュが起きたと同時に、ドン！　とすさまじい音が鳴り響く。

これ、特殊能力がなかったら死んでいるよな？

良人は死んだ目で考えていた。

（というか、この力きもくない？　何もするつもりないのに、勝手に消えていくし。怖いわ）

『自分の力をろくに理解していないし怖がるしでツーアウトだね』

（最近目覚めたばかりの力に何言ってんだ、このバカ）

やることがないので、ひたすら何かと会話をする良人。その間も光太は絶やすことなく攻撃を仕掛け続け……そして、それが良人に当たることは一度もないのであった。

「はあ、はあ……っ！」

「俺に君の力は通用しないよ。今までの攻撃で、分かってくれたと思うが」

『よく分からなくて気持ち悪いとか言っていたくせに、この余裕の演技は凄い』

疲弊し切った様子の光太を見て、一転攻勢に出る良人。

決め顔を披露しているものだから、見た目の良さも相まって、クラスメイトたちからの黄色い歓声を浴びる。

綺羅子はその状況にイラっとして、中身はヘドロのくせに、と自分のことを棚に上げて思っていた。

「認めたくないが、確かに君の言う通りだね。認めてあげよう。君の力は、強大だ。僕の特殊能力では、突破することはできない」

「ふっ、ならやるべきことは分かっているだろう？（降参しようと思っていたけど、勝てそうだわ。よっしゃ、こいつのメンタルをボコボコにしてやろう）」

このまま勝利をおさめて、気分良くなる。そして、綺羅子は差し出して寛容性をアピールし、邪魔者を押し付ける。

完璧な作戦を考え出した。

その間、〇．〇一秒である。

「ああ、そうだね。特殊能力が通用しないのであれば……」

肩で息をしてうつむいていた光太。

次の瞬間、彼の姿は良人の目の前にあった。

「直接、攻撃するしかないよ」

「はあ!?」

唐突に現れたように感じる良人。

唖然としているうちに、光太の拳がうなりを上げて迫る。

「ぐぉっ!?」

とっさに腕でガードするが、メキッと拳がめり込んで激痛が走る。

痛くて泣きそうになった。

『うわぁ、痛そう。大丈夫？』

(大丈夫なわけあるか！　こ、こいつ、俺の美しい顔めがけて普通に殴りかかってきたぞ！　正気か!?)

『正気だよ』

その間も、猛烈なラッシュが良人を襲う。的確に人体の急所を狙う攻撃に、翻弄されっぱなしだ。

顔だけは、顔だけは傷つけさせない！

必死にガードを続ける良人。

(というか、そもそもこれって特殊能力のデモンストレーションだろ!?　なんでそれを捨てて肉弾戦をしているんだよ！　止めろ浦住ぃ！)

特殊能力のデモンストレーションが完全に吹っ飛び、もはや普通の戦闘である。

そう、喧嘩も超えた戦闘なのだ。良人が耐え切れるはずもない。

ちらっと浦住たちを見るが……。

『それは確かに。……でも、止める気なさそうだよ。あと、幼なじみの子がめっちゃ楽しそうに笑ってる』

（クソロリゴリラぁ！　綺羅子ぉ！）

怒りが溢れ出す。

しっかり監督しろよ、ボケナスぅ！

「がっ、ぐっ……！」

そのさなかにも、光太の鋭い攻撃は続く。

ろくに喧嘩したことがない……というよりも、喧嘩になる前に言動で圧倒していた良人は、なすすべがない。

「僕は小さなころから鍛えられている。それは、特殊能力だけじゃなく、格闘技術もね」

消えたと良人が考えたのも、それは光太の武術だ。

特殊能力では、その力の差がはっきりと出る。良人の無効化を、光太の光で圧倒することはできないだろう。

だが、体術ならば、一方的に攻撃し続けることが可能だった。

「さあ、降参するんだったら、今のうちだよ！　僕、君を痛めつけて喜ぶ趣味は持ち合わせていないからね」

「がはっ……！」

腹部にめり込む拳。

吐瀉物をまき散らしたくなる本能的な行動を、意地とプライドと虚栄で抑え込む良人。

『まあ、確かに分が悪いし、ちょうどいい感じじゃない？　むしろ、白峰家と互角に渡り合ったんだから、評価も上がっているだろう。もともと、綺羅子のために戦いに応じたから、なおさらね。そろそろ、計画通りに白旗を揚げたらいいんじゃない？』

「（ああ、普通はそうだよな。俺もそのつもりだったけど……）」

脳内の声の言っていることは間違っていない。今、何かいい感じに降参すれば、評価は下がらないどころか上がることだろう。

だが、それでも……！

きっと鋭い目を光太に向ける。

「こんな一方的にやられて、白旗を揚げるわけにはいかないな……！（俺と同じ、いや、俺以上の苦痛を味わわせないと、気が済まねえ……！）」

『全力で道連れにしようとする気迫を、もっと前向きなことに使えないのかな……？』

呆れた脳内の声。当然それが聞こえていない光太は、さらに拳を振り上げた。

「ほらほら、さっさと降参しなよ。これ以上痛い目に遭いたくなかったら、ねっ！」

そして、彼の拳が良人を……。

◆

「はっ……!?」

ガバッと身体を起こす光太。

そこは、柔らかなベッドの上だった。

「こ、ここは……？」

ひどく困惑した様子を見せる光太。

自分は、あのいけ好かない男……梔子　良人と戦っていたのではないか？　なのに、どうしてこんなところで寝ているのか？

「保健室っすよ、坊ちゃん」

「隠木……」

彼に声をかけてきたのは、姿の見えない存在。自分を小さなころから支えてくれる、隠木家の跡取り、隠木　焔美である。

「どうしてここに……。あの勝負は、どうなった!?」

「坊ちゃんがここにいて、梔子くんがここにいないってことが、結果を表しているっすよ」

「……そうか。僕は負けたのか……」

呆然と呟く光太。

保健室で寝かされていたということは、そういうことだろう。窓から差し込む夕日から、時間の経過も分かる。

反応は静かだが、それは納得と理解をしたという意味ではない。

「何があったんだ？　彼の特殊能力は、無効化のはずだ。その力で、僕が昏倒させられることなんてないだろう。ましてや、近接戦闘で負けたなんてこともないはずだ」

「ああ、確かに坊ちゃんが優勢でしたよ。周りのクラスメイトの反応は超悪かったっすけど」

「ええ⁉　どうして⁉」

ギョッとする光太。クラスメイトたちから良人よりもモテたい、ちやほやされたい、認められたいという思いから戦ったのに、その目的の正反対にたどり着いていれば、驚くのも無理はない。

しかし、焔美はため息をつく。

「いや、英雄七家の跡取りが、一般人をボッコボコにしてきゃあきゃあ言われるわけないっすよ。しかも、梔子くんって超イケメンで優しいっすから、彼に恩のあるクラスメイトも多いっすし」

光太も良人も、社交的にクラスメイトと話している。

もともと、特殊能力者に男は少ない。それだけで、興味のある女子生徒たちは積極的に話しかけては来てくれるのだ。

だが、この二人には違いがある。

性格のせいだろうが、話題のチョイスだ。

光太は、いかに自分が優れているかということを力説する。それは、目の前の女子たちから好かれたいという一心ゆえなのだが、やはり他人の自慢話はつまらない。

社会人であればうまく対応するのだろうが、まだ思春期の子供だ。そりゃ、面白くない。

一方で、良人は相手の話を聞く。自分から話題をチョイスするのが面倒くさいという理由なのだが、もちろん表には出さない。

すると、自分の話を丁寧に聞いてくれる優しい男という評価になるのだ。

また、彼はひたすらに聞き役に徹するのがいい。

光太は善意からこうした方がいいとアドバイスを送るのだが、ただ聞いてほしいだけの女子生徒たちからしてみれば、それは余計である。

一方で、良人は目の前でピーチクパーチク喋っているクラスメイトがどうなろうが知ったことではない。

こうした方がいいとは思うものの、面倒くさいので口にしないのだ。

結果として、そもそもの心情としては、光太よりも良人寄りの方が多いのだ。

「まあ、負けてよかったっすよ。これで、致命的なまでに嫌われることはなくなったっすから」

「いや、それだ！　どうして僕は負けたんだ？　自分で言うのもなんだが、負ける要因がまったくなかったのに……」

クラスメイトたちからの評価は普通にショックだったが、それ以上に気になるのが戦いの行方だ。

どうしても思い出すことができない。負ける要素も見当たらない。

どうして自分は負けたのか？

「まあ、そこはしっかりと考えたらいいんじゃないっすかね？　ウチはそろそろ梔子くんで遊びたいので、彼のところに行ってくるっす」

焔美が離れていく気配がする。

彼女も随分と良人を気に入っているように見える。

「あ、こ、答えは教えてくれないのか?」

「あー……坊ちゃんは悪くないっすよ。戦い方も良かったっす。まさか、近接戦闘まですると思っていなかったから、梔子くんにアドバイスもできていなかったですし」

「え、君今なんて言った? 僕を裏切ったの? スパイなの?」

唖然として焔美を見る光太。

透明のため、どのような表情をしているのか分からない。ずるい。

焔美はそのことに答えることなく、デモンストレーションの話に戻す。

「本当、勝利目前まで行っていたんすけどね。想定外のことが起きたんすよ」

「想定外のこと?」

「もう一つの特殊能力」

「え?」

ありえない言葉を聞いて、聞き返す。しかし、もう一度焔美が言ったことは、何も変わっていなかった。

「梔子くん、特殊能力を二つ持ちだったんすよ」

◆

時はさかのぼる。

「がはっ、ぐはっ！」

光太の拳が、蹴りが、容赦なく良人を襲う。必死に防ぐ彼であるが、すべてを防ぎ切れるはずもない。

良人は完璧に素人なのだ。軍人のようなプロではないが、英雄七家の跡取りとして鍛えられてきた光太に敵うはずもない。

これだけの苦痛を与えられれば、素人なら戦意が簡単に折れてしまうものなのだが……。

（おのれ、おのれおのれおのれおのれおのれえええぇ！　この俺の美しい身体を躊躇なくボコボコにしやがって！　天に唾するような、それほど愚かしい行為を、よくもできたものだな！）

『自己評価超高くない？』

良人の戦意は微塵も揺らぐことはなかった。

自分を傷つけた恨み、怒り、憎しみ。

それが、彼をいまだに立たせていた。

「ほらほら、さっさと降参したらどうだい!?」

「俺、俺には……この戦いは、俺だけのものじゃないんだ」

光太の嘲りに、良人は答える。

「クラスメイトたちのお手本のような特殊能力を見せないといけない。彼女たちの役に立ちたいんだ」

『どの口が言っているのかな？』

もちろん、そんなことは微塵も考えていない。ひたすらに、自分を痛めつけた光太が許せないだけである。

ただ、自分のために怒るよりも、他人のために怒る方が評価されやすいのが、この世界だ。よって、ろくに考えもせず、ありきたりで格好いいことを言う。

「そして、何より……」

ギリッと歯を食いしばり、光太を睨みつける。

「俺が負けることで、綺羅子を賞品のようにするわけには、いかないんだ！（自発的に白峰のところに行ってくれないかな、あの女）」

「良人……！（格好つけているけど、全部自分の評価を上げるためね。なんて男かしら）」

通じ合う二人。

それぞれ、血を流しながらも決意を秘めた顔。

そんな彼のことを、痛々しく思いながら嬉しさを隠し切れない顔。

完璧な演技である。内心ではお互いを全力で糾弾し合っているのだから、世の中不思議なものである。

「は、ははっ！　威勢はいいね。でも、特殊能力を使わない僕を相手に、どうするのかな⁉」

その気迫に一瞬押される光太。

それを振り払うように、良人をあざ笑う。

しかし、気迫に押されて距離を取ってしまった。

これはチャンスだ。

「うおおおおおおおおお！　俺はお前を、超える!!（なんかいい感じのことを言っていたら覚醒してくれねえかなあ!?）」

『そんなあやふやな感じでこんな格好いいセリフを言える君が怖い』

声を張り上げる良人。

それは、ビリビリと大気を震わせる覚悟（笑）があった。

それを見ているクラスメイトたちは、皆のまれている。

「はははははははは！　そんなバカな話があるものか！」

ピンチで強くなる。戦いの中で成長する。

そんなの、おとぎ話でしかありえないのだ。

だから、光太は大きく笑った。隙だらけの姿で。

たとえ良人が迫ったとしても、しっかりと対応はできる。

だから……。

「――――――」

ズドン!!

光太が吹き飛ばされる。

不意打ちに、構えることすらできなかったので、人形のようにゴロゴロと転がって、はるか後方で止まった。

ピクリとも動かなくなる光太。そして、立っているのは良人のみ。

この戦い、デモンストレーションでの勝者は、誰の目から見ても明らかだった。

だが、あまりにも、誰も想像していなかった幕切れに、全員が唖然とする。

「え……？」

焔美が唖然とする。

「え？」

浦住も。

「え？」

綺羅子も。

『……え？』

クラスメイトたちも。

「…………ええ？」

そして、良人も唖然とするのであった。

◆

身体の所々に包帯を巻いている俺の姿が、鏡に映っている。

なんて痛々しい。可哀想すぎる……。

　こんな痛々しい姿を見ていると、こんな風にした白峰、彼をたきつけた隠木、そしてなんとなく綺羅子に対する怒りが湧き上がる。

　おのれ、地獄に堕ちろ。

　……しかし、不思議なもので、鏡をずっと見ていると、俺の姿はとても格好良く見えてくる。傷のあるイケメン。

　……うん、なんかいい感じ。

　やっぱ、俺ってなんでも似合うわ。

「どういう……どういう……？」

　そんなことを考えていたら、綺羅子が怪訝そうに俺を見ていた。

　なんだよ。というか、俺の部屋に当たり前のようにいるんじゃねえ。

　清浄な空気が汚れる！

「それはいったいなんの疑問だよ」

「いや、あなたの特殊能力って無効化でしょ？　何相手をぶっ飛ばしてんの？　怖いんだけど……」

「お前がたきつけた戦闘なのに、なんてことを言いやがる……！」

　もともと、さっさと白旗を揚げるつもりだったのに……！

　というか、綺羅子が余計なことを言わなければ、俺は周りの目を気にして白峰と戦う必要はなかったのだ。

やはり、諸悪の根源。いずれ処理しなければならない怨敵だ。

「だいたい、俺も知らんわ。なんか気が付いたら白峰が吹っ飛んでいたし」

「えぇ……」

唖然として俺を見る綺羅子。

いや、本当に知らんし。

そもそも、特殊能力なんて俺にはないと思っていたし。

無効化だけでもよく分からんのに、さらによく分からん特殊能力が増えて、もう訳分からんわ。

「まあ、これが俺の力というか、才能というか、ギフトというか、天賦の才というか……。まあ、そういうことだよな」

「自画自賛がきつすぎて嫌」

「お前も相当だろうが」

知っているぞ。自分のことを絶世の美少女と信じて疑わないだろ、お前。

確かに、見た目はいいかもしれない。だが、内面がドブの水を一年間真夏の日差しの中で腐らせたような感じだから、とてもじゃないが恋愛感情を持つことは不可能である。

「というか、訳の分からない力って、怖くない？」

「怖い。無効化さえよく分かっていないのに、もっと訳の分からない力が出てきたらビビる」

綺羅子の問いかけに、即座に頷く。

いや、怖い。

そもそも、特殊能力自体、俺はまったくもって信用していない。

いきなりポンと渡されて、それを信頼して使うことができるだろうか？　有象無象の馬鹿どもはできるだろうが、俺みたいな真っ当な人間には絶対にできない。

いきなり唐突に現れた力だ。

では、いきなり唐突に消えない保証はどこにもない。

この力に頼り切っているときにそうなれば、もう二度と自分の足では立てなくなる。だから、俺は怖いのだ。

「そもそも、特殊能力は一人につき一つだけのはずよ。それなのに、どうして……」

「選ばれし存在だからな」

『さっきまで気味悪がっていた力なのに、どうしてこんな反応ができるんだろう……』

周りと違う、普通ならできない。

それ、俺を喜ばせる言葉である。

しかし、特殊能力って、一人につき一つが原則なのか。

『それも知らなかったんだね』

だって、まったく興味なかったし。

自分に発現するとも考えていなかった。

無理やり特殊能力開発学園に入れられる連中を見てあざ笑おうとしていたのに、どうして……。

「まあ、白峰をぶっ飛ばしたのは評価してあげるわ。これで、私は賞品として譲渡されることはなくなったもの」

「タダでいいからあげるって言っておく」

「ぶっ殺されたいのかしら？　私は国宝級の価値がある存在よ」

当たり前のようにとんでもないことを言う綺羅子。

どれだけ自分に自信があるんだよ……。俺にとっては、お前はなくなりかけのトイレットペーパー並みの価値があるぞ。

良かったな、貴重で。

『信じられないことだけど、君には特殊能力が二つあるようだ』

「俺には特殊能力が二つあるんだって」

「いや、それさっき私が言ったわよね？　なんで繰り返したの……？」

寄生虫が言っていることをそのまま言っているだけだから。

というか、特殊能力なんていらないって言ってんだろ。なんで二つもあるんだ。

『おそらくだけど、あれは自分の受けたダメージを相手に返す、カウンター型の特殊能力だ。実際、白峰くんを吹き飛ばしたのは、君が今まで受けたダメージだろう』

なるほどね。

あの白峰とかいうバカ、あんなにぶっ飛ぶほどのダメージを俺に与えていたの？

ダメだろ、刑事事件にしてやるからな。

いい家らしいから、賠償金を搾り取ってやる……！

俺の二つ目の特殊能力は、受けたダメージをそのまま相手に返すのか。つまり、傷つかないと効果を発揮しないと。

……全然使えねえな。

『いや、あれは一．五倍くらいに威力が増していたよ』

……なんでちょっとだけ威力を増しているんだよ。じゃあ、等価的に同じダメージを与えるんじゃないのか。

『特殊能力は想いの発露だからね。たとえば、無効化はすべての存在を拒絶したがる君の想い』

うん。否定はしない。

『君、あの時どんなことを考えながら戦っていた？』

寄生虫に問いかけられて、思い出したくもないことを思い出す。

うーん、白峰にボコられていた時かあ。

特殊能力のデモンストレーションって話はどうした、とか。これを止めないとか浦住は教師の資格まったくねえな、とか。

俺だけこんな苦しくて痛い思いをするのは許せない、お前はもっと苦しんで痛い思いをしろ、とかかな。

『それだよ……』

そうか。それが、俺の二つ目の特殊能力の根源か。

怪訝そうに俺を見ている綺羅子を見返す。そして、言った。

「なんか負けたくない、皆の見本になりたいって思ったら生まれた特殊能力らしいわ」

『ええ!?』

「嘘つきなさいよ。あなたがそんな殊勝なことを考えられるはずないでしょ。もし本当なら裸踊りをしてあげるわ」

はんっ、と鼻で嘲笑する綺羅子。

ちっ！　騙されなかったか。

まあ、こいつを騙してもメリットはないし、別にいいんだけどね。

「男と大して変わらない身体をしている奴が何を言ってんだ」

「あるわよ！　あるわよ！　ちゃんと見なさいよ！」

錯乱した綺羅子が、突然制服を脱ごうとする。

馬鹿！　誰が得するんだ、この展開！

「止めろ！　お前のその気安さのせいで、隠木に恨まれてボコボコにされたんだぞ、俺！」

必死に止めようとする俺。

このバカがいつものように平然と俺の入っていた風呂に乱入してきたから、今回の悲劇につながったんだ。

隠木が追従してきて、裸を見られたから怒って、白峰をたきつけて、あの戦いだ。

……今から考えると、俺全然悪くないよな。

どうして俺だけこんなひどい目に遭っているのか。

先に風呂に入っていたのはそもそも俺だし、隠木や綺羅子のような異性の身体を見たからなんだと言うのだ。

全然微塵もまったく心が動かなかったのに、どうして……。

『それじゃない？』

そんなことをしながらドタバタとしていると、ガチャリと音が鳴った。それは、明らかに扉が開いた音だった。

……扉が開いた？

「何を、して、いるっすか……？」

誰もいない。しかし、その声はとてもよく知っていた。

ぎゃああああああああああ!?　また面倒なところを見られたぁ！

てか何勝手に入ってきてんだ、このクソ女ぁ！

◆

焔美は良人の部屋にいた。

そこには、すでに綺羅子の姿はない。一瞬で離脱していた。

危機管理能力の高さは、他の追随を許さない。

そのため、なぜか重苦しい雰囲気を醸し出す彼女といるのは、この部屋の主である良人のみ。一人で逃げた綺羅子に対し、内心で呪詛を吐いていた。

「おかしいと思うっす」

そんな時、焔美が呟いた。

今、彼女は透明化をしていない。

ほぼ常時特殊能力を行使している彼女にしては、非常に珍しい。

長くふわふわとした黒い髪。前髪も長く、目を完全に隠している。

しかし、彼女はコロコロと表情を変えるから、目が見えなくとも十分に感情表現豊かである。

制服を身にまとっているが、あまり肌をさらさないようにしている。だが、制服の上からでも起伏に富んだスタイルは一目瞭然だった。

良人でなければ、目を引き付けられていたに違いない。そう、人の見た目に一切頓着しないこの男でなければ。

「……何がかな?」

「どーう考えても、梔子くんの黒蜜さんに対する特別扱いがあるっす」

また面倒くさいことを言い出しやがって。

その悪態は、決して口に出されることはなかった。

「いや、そんな意図的にしていることはないよ。ただ、幼なじみだからね。ずっと昔からいたから、ちょっとは気安いかもしれないな」

「いやいや、そんな生易しいものじゃないっす。だって、押し倒していたじゃないっすか」

もちろん、見られていたのは錯乱していた綺羅子が脱ごうとしていたのを止めていた時である。

案の定だ。あの女がすることに巻き込まれて、面倒くさいことに巻き込まれ続けている。

全部あの女が悪い。

「あれは誤解だって言っているだろう？」

「それにしては随分と楽しそうでしたけど？」

（こいつ、性根だけじゃなく目玉も腐っているのか？）

どこが楽しそうだったのか、小一時間問い詰めたい。

「いや、まあいいんすよ。梔子くんが黒蜜さんを特別扱いするのは。幼なじみは大切っすもんね」

「だから、特別扱いはしていないんだけどな……。それに、君も白峰のことを大切に思っているだろう？　それは、昔から付き合いがあるからこそだろうし」

「たい、せつ……？」

「えぇ……？」

激しく困惑している焔美に、良人がさらに困惑する。

どうして、何を言われているのか分からないといった表情を浮かべているのだろうか。

「そりゃ、面白いとは思うっすよ。昔からの付き合いで、扱いやすくて。自分の思った通りに動いてくれるのが、まるで操り人形みたいで好きっす」

（好意が歪みすぎていて怖い……）

なんのよどみもなく恐ろしいことをのたまう焔美に、良人は頬を引きつらせる。

これを好意と呼べるとも思えないが……。

少なくとも、良人が焔美に心を許すことはなくなった。もともと、彼が誰かに心を許すことなんてないのだが。

「てか、そんな坊ちゃんの情報を梔子くんに売っている時点で、察してほしいっす」

「彼があんなに近接戦闘が強いとは教えてもらわなかったけどね」

恨みをチラ見せすることは忘れない。光太にボコボコにされたことに対する怒りは、彼と焔美に向けられているのだ。

そして、これは生涯にわたって忘れられることはないだろう。

「まさか、特殊能力のデモンストレーションでゴリゴリの近接戦闘をするとは思わなかったっす。普通、予想できないっすよ……」

（それもそうだ）

納得する良人。

とはいえ、焔美に対する怒りがなくなったわけではないのだが。ついでに、浦住に対する怒りが増えただけである。

「というか、そんなことはどうでもいいんすよ。ウチのことっすよ、ウチのこと！」

（どうでもいいのか……）

「ほら、ウチの本当の姿っすよ！　ほとんど誰にも見せたことがない、超貴重なものっす。さあ、反応はどうっすか？」

良人に顔を近づけると、一度クルリと回って全身を見せる焔美。

なるほど、確かに彼女の容姿は整っている。同年代離れした発達したスタイルも、思春期の異性には毒だろう。

だが、良人にとってはどうでもいいことだ。

「可愛いんじゃないか？」

「淡々としすぎっす！　面白くない！」

（人間の外見とかどうでもいいし……）

むきになる焔美を面倒くさそうに見る良人。

彼にとって、人間の容姿なんてどうでもいいのだ。

どれほど美女でも、誰でも魅了されるような見た目でも、自分を養ってくれないのであれば塵芥である。

『君も人間なのに、まるで異種族みたいな話しぶりは止めようよ……』

「ほぉら。ウチ、結構エロい身体しているっすよ？　梔子くんなら、ちょっとくらい触らせてあげてもいいっすよ？」

ポーズをとってくねくねする焔美。

未成年とは思えないほどの色気がある。

隠木家での教育もあるのだろう。

だが、やはり良人には響かない。

ちょっとピエロみたい、とかかなり失礼なことを考えていた。

(綺羅子に少しでいいから分けてあげて……。バストアップ体操とかしているから……)

『なんで君がそんなことを知っているの？』

(当たり前のように俺の部屋でしていたから)

『何しているの!?』

ただれた関係!?　と脳内音声が心配しているが、もちろんそんなことはない。お互いにお互いを邪魔と思って蹴落とそうとし合っているくらいだ。

「そこまで気を許してくれるのは嬉しいけど、自分を安売りするのは止めよう。君はとても可愛いのだから、もったいないよ(見た目より中身！　エロい人には、それが分からんのですよ)」

『いいこと言うねぇ』

(どれだけ美人でも、俺のことを養ってくれないのであれば、それはただの肉人形だ)

『褒めた言葉を返して』

というか、焔美の身体に触らせてもらったからといって、何も嬉しくない。

面倒くさいだけだ。人肌も気持ち悪いし。

適当にいい感じのことを言って、なんとか逃れようとする。

「……やっぱり、むかつくっす。隠木家は、裏の人間。こういう退廃的な色仕掛けがまったく通用しないのは、家の名を落とすことになるっす」

(ハニートラップ前提の家とか潰れればいいんじゃないかな？)

そうは思いつつも、焔美は不服そうにしながら身体を離す。

よっしゃ、うまくいったと調子に乗る良人。だから、痛い目を見るのだが……。

「梔子くんで練習するっす。これから、よろしくお願いしますね」

「は？」

ニッコリと笑う焔美。

残念、バッドエンドであった。

エピローグ

あー、クッソだるい……。

俺は始業前の教室で、一人天井を見上げていた。もちろん、他のクラスメイトたちも、各々(おのおの)時間を潰している。

無駄に他人と関わりたくないから、何か考えている風にふるまっておけば、意外と気を利かせて声をかけてこない。

今ふと思ったんだけど、週五日朝九時から夕方まで強制労働とかおかしくね？

『君がやっているのは学業だけどね』

学業も労働だわ。

これは実際に学校にいる時間を言っているのであって、当然もっと早く起きなければならない。

そんな拘束時間を考えると、やはり割に合っていない。

加えて、馬鹿な奴らは部活動なんかをしているから、さらに時間が拘束されている。

『いや、それは好きにやっているんだからいいじゃん……。というか、君は結局何を言いたいのさ』

寄生虫の言葉に、鷹揚に頷く。

俺が言いたいことは、ただ一つだ。

学校、週一日にしない？

『できるわけないじゃん』

いや、義務教育だったら、まだ我慢するよ？

中学校を卒業しても馬鹿は腐るほどいるから、それ以上の馬鹿を生み出さないためにも必須だ。

俺みたいな優秀な人間は、週二日くらいでいいと思うけど。

『自分は馬鹿じゃないとでも？』

当たり前だろ。俺ほど理性的に動ける人間は、そうはいない。

でも、高校からは義務ではないのだ。ならば、そんな毎日学校に行く必要はない。

『望んで高校に行っているんだったら、ちゃんと行かないと』

誰が望んでここに来たんだ！　誰がこの学園に入学させてくれと頼んだ⁉　完全に強制連行だったろうが！　なんだったら、致命傷を負うくらいの攻撃も受けたわ！

『くだらないことを言っていないでさ。白峰くんが来たよ』

寄生虫の言う通り、ゆっくりと近づいてきているのは白峰だった。

お、さっそく報復か、お？

ああ⁉

やんのかゴラァ！

今度は綺羅子が相手だ！

（いやよ）

チラリと見れば、恐ろしく冷たい目を向けてきていた。

こいつ、アイコンタクトで意思を……！

てか、なんで俺の思考を読み取ってんだ、こいつ。怖い……。

「やあ、梔子くん」

白峰が話しかけてくる。あの激しい戦闘の後だから、クラスメイトたちも全員がこちらを注目していた。

こっち見るな。

「何か用かな、白峰くん」

「その……謝罪させてほしい。僕は君に嫉妬をして、あのような強引なことをしてしまった。完全に僕に非がある。だから、ごめん」

頭を下げる白峰。

……何を当たり前のことを言っているの？

お前が悪いことなんて誰でも知っとるわ。そのうえで何を俺にするかが大切なんだよ。賠償金とか。

（分けなさいよ！）

今度はぎらついた目を俺に向ける綺羅子。

なんでだよ!! テメエ、何もしていないだろうが！

「気にしないでくれ。俺も、色々とやってしまったこともあるしね」

「そう言ってもらえると嬉しいよ」

和解の雰囲気に、教室内の空気が緩む。

まあ、内心では一切許さないんですけどね、初見さん。

「綺羅子も、あんな形じゃなかったら友達になりたいと言っていたよ。仲良くしてあげてくれると嬉しいな」

「!?」

「そ、そうか。だったら、僕もしっかりと彼女と友達になり、その先に進めるように努力しよう!」

ギョッとして俺を見てくる綺羅子である。俺はそんな彼女を無視し、にっこりと白峰に笑みを送る。

そうだ。頑張って綺羅子に構い続けろ。

「ありがとう! 君は僕の親友……マイベストフレンドだ!」

「!?」

だ、誰が親友だ!? こんな大勢の前で言いやがって……! 本当にそう思われたらどうするんだ、このバカ!

「ぷふーっ! くすくすくすくす」

さっきまで苛立ちの目で俺を睨んでいた綺羅子が、心底楽しそうに噴き出している。

クソ……! こんなはずじゃなかったのに……!

『君が親友認定していたじゃん。良かったね、両想いで』

嫌だあああああああああ！　あんなの適当なことを言ったジョークなのにぃ！

結局、白峰を使った攻防戦は、俺と綺羅子の痛み分けとなってしまうのであった。

『白峰くんに対して失礼すぎる……』

「あー、席つけ。今日も面倒くさいホームルームの時間だ」

教室に入ってくるのは、教師の資格がない教師、浦住だった。

マジでこいつふざけるなよ。俺の嫌なこと、ほとんどお前が関与しているじゃねえか。

ぶっ飛ばすぞ。

「さて、いつもならとくに話すこともないから、出席確認だけして終わるんだが……。今日はちょっと違っていてな」

「何が違うんですか？」

「転校生だ」

『えええええええええっ!?』

サラッと浦住が言ったことに、教室中が大騒ぎになる。

それもそうだろう。まだ入学して一か月くらいしか経っていないのに、このタイミングで転校生とは想像しづらいところがある。

『それに、この学園の特殊性もあるよね。普通の学校間の転校とは違う。適性検査で漏れていた特殊能力者が入ってくるとも思えないしね。訳アリだろうなあ』

そうか。じゃあ、絶対に関わらないようにしよう。

「……めんどくさ。もう転校生にさせればいいか。ほら、入ってこい」

「はい」

浦住が退廃的な隈付きの目を向けると、きれいで透き通った声が聞こえてきた。

こいつ、転校生の紹介という大事な役割を丸投げしやがった……。しかも、答えた声も微塵も震えていないし。

浦住の丸投げにクラスの中も白けていたのだが、入ってきた転校生を見て騒ぎがなくなった。

「うわ、すっごい美人……」

入ってきた転校生の容姿が、驚くほど整っていたからである。

輝く銀色の髪はボブカットに切りそろえられている。真っ白な肌は病弱さを感じさせるほどだ。とくに印象的なのは、その真っ赤な瞳だ。まるで、血のようだ。

スタイルも整っており、規則正しく歩く姿は凛々しい。

多くの視線を集めているから多少は緊張しそうなものだが、そんな様子は見受けられない。視線を集めるのを慣れていると思わせるほどに。

俺は横にいる綺羅子にこっそりと話しかける。

（綺羅子、落ち込むなよ）

（残念ね。私の方が美少女だわ）

俺がからかえば、綺羅子はまったく動揺せず、誇らしげにナイ胸を張る。

ちっ。自分の容姿に対する自信はえげつないな、こいつ。つまらない奴だ。

「私の名前は、ジェーン・グレイと申します。欧州出身です」

教壇に立つと、転校生――グレイはじっと教室を見渡して言った。その見た目と美しい声に気を引かれるクラスメイトも多いが、それ以上に彼女の出身地が教室中をざわめかせた。

「欧州って……」

（魔物の氾濫で壊滅したところね）

綺羅子がコソコソ解説してくる。

ああ、日本やアメリカみたいな抑え込みに失敗したのか。全滅していなかったのか。

（じゃあ、こいつは何しに来たんだ……？　亡命か？）

今度は俺も綺羅子にコソコソと話しかける。

まあ、亡命くらいしか理由はないよな。

さすがに欧州の人間が皆殺しにされたとも思えないし、世界各地に難民として散った感じだろう。

彼女もそんな感じで日本に来たと。

それを察したのか、白峰などはウキウキで話しかけようとしている。

よし、行けピエロ。

「私は、ここにいる方々と慣れ合うつもりはありません」

…………ん？

ビシッと冷たい言葉がグレイから聞こえる。

うーん？

「あまりなれなれしく、親しくしないでください」

なんだこいつ……。

書き下ろし短編1　隠木の不満

「梔子くんって、聖人か何かですか？」

放課後、綺羅子と周りにばれないようにつねり合っていると、いつの間にか近くに来ていた隠木がそんなことを聞いてきた。

……当たり前のように俺の部屋に集まってくるの、止めてくれない？

クソ迷惑なんですけど？

相変わらず透明人間だから、心臓に悪い。

本性を見せるわけにはいかないので、常に気を張った状態でなければならない。

とはいえ、もともと外でそうそう気を抜くことはないので、俺にとっては別に何も変わらないが。

常に周りを欺く演技をしているのだ。

で、何？　俺が聖人だって？

（その通りだが？）

『頭おかしいの？　君もこの子も』

寄生虫の言う言葉が理解できない。

びっくりした。

誰もが理解しているであろう当たり前のことを、今更言うのだから。

正直、聖人程度と比べられるのもどうかと思うのだが……。

俺は天下無双。

まさに最高の見た目と性格を併せ持った、人類史上初めての存在なのだから。

「いやいや、そんなわけないだろう。俺と聖人を比べるなんて、おこがましいことこの上ない。厚顔無恥にはなりたくないね」

当然、聖人ごときに俺が負けるはずないだろ。

道徳的にさらに上を言っているのは俺である。

これ、自明の理。

『そんな理はなぁい』

「いきなりどうしたんですか？　そんなばかばかしいことを言い出すなんて」

話を隣で聞いていた綺羅子が、ニコニコしながら問いかける。

しかし、付き合いが嫌々長い俺は知っている。

めっちゃイライラしているじゃん。

笑える。

お前が嫌そうにしているだけで、俺は今日も元気に生きられる。

ありがとう。

「いや、梔子くんって、この学園で一、二を争うほどモテているじゃないっすか？　でも、浮いた話は全然聞いたことがないと思って」

「ははっ。俺のことを、物珍しく思っているだけだろう。男の数が少ないからね」

と、一応言っておくが、俺がモテていることなんて分かり切っている。

それはそうだろう。

俺みたいなイケメンは、この世にそうそう存在しない。

そして、普段の言動も、まさに理想的と言っていいほどのものだ。

そりゃモテる。モテない方がおかしい。

『そこまで自信満々だと否定したくなるんだけど、実際ガワはいいからね、ガワは』

ガワって言うな、俺のイケメンフェイスを。

「で、色々と考えたっす。どうして浮名を流していないのかと。最初は、お二人が付き合っているからだと思っていたっすが……」

「「断じて違う」」

「ということらしいっすので……」

『なんでこういうときだけ息がぴったりなの？』

うーんとうなりながらとんでもないことを言いやがる隠木。

なんだこいつ……。

こんな考えをしている奴は、一人でもこの世から少ない方がいいだろう。

誰かこいつのことを殺してくれないか。

ダンジョンとかで行方不明にならないかな、こいつ。

綺羅子と付き合っているとか、とんでもない勘違いである。

おそらく、この世界でたった二人きりになったとしても、俺たちはお互いを恋愛対象には見ないだろう。

それくらい、気が合わん。

『いや、バッチリすぎるほどに合っているでしょ。君たちほど価値観が似通っている人は、世界に存在しないよ。というか、平行世界にも存在しない。断言できる』

一般的には価値観が似通っている方が長続きするのだろうが……。

……想像してみる。

俺と綺羅子が付き合って、同じように生活を共にすることを。

一般的な恋人同士のすること。

デートや食事などを想像して……。

「「おぇ……」」

思わず戻しそうになってしまった。

……今、綺羅子も同じような反応をしたな？

俺を見て、心底嫌そうに顔を歪めている。

それはこっちのセリフなんだよ、この野郎……！

俺がお前を否定するのはいいが、お前が俺を否定するのは許さん！

「あとは、梔子くんがモテている理由を考えてみたっす。まずは、そのイケメンっすよね？」

「ふっ……。自分だと全然考えたことがないんだけどなあ……」

『嘘つけ』

誰に言われるまでもなく、俺の顔がいいことなんて知っている。

ろくに人生経験を積んでいない十代のガキなんて、簡単に掌の上で転がすことができる。

その気になれば、十股くらいしてちょっとずつ金をせびってヒモ生活をすることだってできるだろう。

舐めないでいただきたい。

「やっぱり、これくらいの年齢なら見た目が一番重要っすよね。年を重ねるにつれて金銭が絡んでくるっすけど、まだそこまで先を見ている子は少ないっす」

「う、うん……」

「分かるわ」

ちょっと生々しいことを言われて、言葉を詰まらせてしまう。

お、お金ね、うん。

いや、俺も金持ちの女と結婚しなければならないので、考えていることは一緒のはずなんだが……。

なんだろう。隠木が言うと、ちょっと怖い。

うんうんと頷いている綺羅子。

女の方が共感しやすいのかもしれない。

「あと、ウチは他にも重要な要因を見つけたっす。毎日四六時中ストーカーすることによって、判明したっす」

「何してくれてんの、お前？」

お前！　自分が姿を隠せるからってやりたい放題だな！

透明人間ってやっぱりダメだろ、色々と。

常時特殊能力を使っているようなものだもんな。

特殊能力なんて危険なものばかりなんだから、これもちゃんと規制しろよ、クソ学園。

しかし、それでも俺の本性はばれていないようだった。

さすがだな、俺。ほれぼれする。

「梔子くんは、他の同年代の男子と、目が違うんすよ」

「目？」

隠木の言葉に、俺は首を傾げる。

どういうことだ？

確かに、俺の目はそこらの一般人と比べて、キラキラと輝いているはずだが……。

それだけで女にモテるの？　マジ？

この学園の女、ちょろすぎない？

「やっぱり、これくらいの年齢の男子ともなれば、女子からきゃあきゃあ言われるだけで舞い上がるっす。そんな男を掌の上で転がすのが楽しいっす」

隠木の言葉にドン引きする。

お前のやばい趣味は聞いていないんだけど？

悪女感を急に出してこないでくれますかねぇ……。

「あと、やっぱり性欲が強いっすよね。胸とかお尻とか太ももとか、視線を感じない日はないくらいっす。ま、さすがにここだとあまり感じないっすけど」

透明人間が何を言っているの？

ギャグで言っていたりする？

と、思うが、隠木は確かに直前まで中学生だったのかと思うくらいには身体の発達が著しい。

同級生の性に目覚めたてのキッズたちなら、それに目を向ける姿が容易に想像できる。

『君も見ちゃったりするの？』

いや、全然。マジで興味ないかな。

強がっているとか、格好つけているとかでもなく、心の底からどうでもいい。

胸とかただの脂肪じゃん。

ケツなら男でもついてるし。

どうして女のそれを特別視するのか、まったく分からん。

人の見た目なんて、どうでもいい。

金を持っているか、あるいは稼ぐ能力を持っているか。

そして、ちゃんと俺を甘やかしてちやほやしてくれるか。

大事なのは、それだけである。

「でも、梔子くんって本当にマジで一切そういう目を向けてこないっすよね？　性欲、あるっすか？」

ほとんどない。

ちょっと残っているそれも、完全に支配下に置いているため、暴走することはない。

性犯罪を犯す奴って、心の底から残念だと思う。

一番コントロールしやすい本能で、どうして暴走してしまうのか。

これが分からない。

「こんなことを言うのは恥ずかしいけど、俺も男だからね。人並みにはそういったことにも興味があるよ。ただ、そういう目を向けられて女性はいい気分になる人は少ないだろうから、俺はそういうことを厳に慎むようにしているんだ」

「ほへー……。やっぱり、聖人じゃないっすか……」

感心した様子の声を漏らす隠木。

そして、白い目を向けてくる綺羅子。

ああん？　なんだこの野郎。見てんじゃねえぞ。

「お二人は付き合いが長いと思うのですが、本当に梔子くんってそんな感じだったっすか!?」

「んー……そうですね。確かに、良人が誰かと付き合ったとか、そんな話は聞いたことがないですね」

隠木の質問に、綺羅子が返す。

いや、だって付き合うって……。

クソ面倒くさいじゃん……。

まあ、将来有望そうな女がいたら唾をつけておいただろうが、さすがに中学生レベルでその片鱗を見せる奴はいなかったな。

俺のいた中学って、不作だったんだな。

「うぬぬ……。そう教えてもらうと、なんとか梔子くんの冷静さを奪い取ってやりたいところっすねぇ……」

「いや、別にそんなことする意味ないんじゃ……」

「よし、決めたっす！」

全然俺の話を聞いてくれないんだけど。

何こいつ。

困惑する俺を差し置いて、何かをひらめいた様子の隠木。

何を思いついたのかは知らないが、俺が冷静でないときなんて存在しない。

『……あれ？　ダンジョンの中で割と焦りまくっていたように思えるけど……』

「以前も、ウチのスーパーな裸体を見ても何も反応を見せてくれなかったことに、大変怒りを抱いているのがウチっす！　ここは、一肌脱いでなんとか梔子くんを普通の人間に戻すっす！」

「は……？」

またクソ面倒くさそうなことを言いやがる隠木。

だるいんじゃ！　余計なことすんな！

そう怒鳴りつけてやりたいところなのだが、俺のイメージ的にそれはできない。

心底嫌だが、茶番に付き合ってやることにするのであった。

◆

「実は、ウチの家って、白峰家に仕える由緒正しい名家だったりするっす」

「へー……」

隠木の言葉に、つい気の抜けた言葉を発してしまう。

いや、本当に興味がなくて……。

お前が貧困層であろうが富裕層であろうが、俺にとってはどうでもいいし……。

まあ、富裕層だったらむかつくから、貧困層でいてほしい気持ちはある。

富裕層だったらたらし込んで俺を養ってもらうという選択肢もあるんだが……。

こいつ、どうにも愉快犯というか、快楽主義というか……。

面白いことを常に求めているから、こいつの快楽のために俺を奈落の底に突き落とすようなこともしてきそう。

そんな偏見があるから、こいつのことはどうしても受け入れられなかった。

「あれ、意外と反応が薄いっすね？」

「まあ、普段の白峰とのつながりを見ていたら、昔なじみかなとは思っていたよ」

というか、俺のところも綺羅子のところも割としっかりとした家だしなあ……。

まあ、俺の家なんて吹けば飛んでいくような、ゴミみたいな家だが。

やっぱり、家長がゴミだとそうなるよな。

本当に血がつながっているかも怪しいところだ。

俺みたいなイケメン人格者が、あんな無能くそ親父の血を引いているとは思えないからな。

綺羅子の家？

あれは、まあ……うん。

あいつの不幸を常日頃から祈っている俺だが、ちょっと気の毒になるほど堅苦しいよね。

……まあ、綺羅子が苦しむだけだからいいや！

「まっ、坊ちゃんは弄るのは楽しいんすけど、すぐ調子に乗るからあまり仕えたくないんすけどね。ただ、調子に乗って痛い目を見ているときは、面白いから好きっすけど」

「白峰……」

なんだかちょっと白峰に同情してしまいそうになるほど、隠木の性格は快楽主義でぶっ飛んでいた。

可哀想に……。

普通、仕える家とか言っているのであれば、痛い目に遭わないように立ち回ったり忠告してあげたりするものじゃないの？

　痛い目に遭っているのを見て楽しむとか、性格終わってない？

「で、ウチの家の仕事っていうのは、白峰家の補佐。直接的に戦力として助力するというより、それ以前のところで協力する、影の家っす」

「影？」

「たとえば、相手の情報を集めたり、ちょっとした工作をしたり。昔で言うと、忍者とかっすかね？　一応、その家系らしいっす」

「へー」

　なんだか一生懸命話してくれるのだが、本当に興味がなくて……。

　隠木家の裏の話とかも、全然……。

　とはいえ、ヒモになるための寄生先に隠木が完全に選ばれることはなくなったというのはあるかな。

　忍者とか格好良く言っているが、要は隠れてコソコソと嗅ぎまわるスパイのような一族。

　しかも、いけ好かない白峰に仕えなければならないときた。

　そうなれば、もはや可能性はまったくなくなる。

　綺羅子より可能性が低くなることはないが、もはやゼロに等しい。

　ということで、俺の中では隠木の重要性がほぼなくなった。

　いつでも使い捨てていい肉盾である。

ダンジョンに潜るときはよろしくね！

「それで、そういった家だから当然かもしれないっすが、ウチはハニトラの訓練も受けているっす。結局、昔からずっとある手法というのは、強力だから残っているっすからね」

「なるほどー」

あー、ハニトラね、ハニトラ。

かーっ、卑しか女ばいっ！

別に、俺はそういうことを生業としているからといって、差別意識はないけどね。

寄生先に男の経験人数とか関係ないから。

本当、そういうのはどうでもいい。

大事なのは、稼ぐ能力と甘ったるい性格だけである。

どこにいる、俺の女神は。

いつでも迎えに来てもらう準備は整っているぞ！

「それなのに、キッズ一人籠絡できないのは、なんとなくむかつくっす！　だから、ウチの魅力を存分に味わってもらって、メロメロにしたいっす！」

「それ、あなたの私怨が多分に混じっていません？」

綺羅子の言う通りである。

え、何？

要は、俺が隠木にドギマギしていないから、それがむかつくって話？

長い間ペラペラしゃべっておいて、結局それ？
数秒で言うことができただろ！
俺の貴重な時間を返せ！
「ということで、ドーン」
「ぐぇっ!?」
そんなことを考えていたら、突然突き飛ばされる。
ぼ、暴力!?　まずいですよそれはぁ！
というか、透明人間だから本当にビビる。
マジで止めろ。
突き飛ばされた先には、俺のベッドが。
仰向けに寝転がると、ふと隠木の姿が露わになる。
相変わらず、長い髪だ。
目元を隠しているほどだから、相当である。
そして、無駄に発達し、綺羅子をイライラとさせているであろう豊かな凹凸の肢体。
これに俺がドキドキした様子を見せないからプライドが傷つけられたようだが……。
いや、だってなあ……。
性欲なんて、本当につまらない欲望だし。
これのせいで暴走するなんて、バカらしいじゃん。

「ふふっ」

仰向けになっている俺に覆いかぶさってくる隠木。

なぜだか知らないが、楽しそうに、色気たっぷりに微笑んでくる。

見た目は陰キャのくせに、身体は厭らしいので、そのギャップが強い。

同い年くらいのガキ男子なら、簡単に掌の上で転がせるのではないだろうか？

まあ、俺からしたら鬱陶しいだけである。

どけや。

「後先考えず、気持ちいいこと、してみたくないっすか？　ウチなら、なんでも受け入れられるっすよ……？」

隠木はそう言うと、俺の手を取って自分の胸に誘導して、押し当てた。

むにゅりと柔らかく、そして男の手でも覆い切れないほどの大きさを実感する。

そして、何よりも人肌。

自分以外の体温。

それは、俺にとって何よりも耐え難いもので……。

おえぇぇ……。

「……ちっ」

『すっごい舌打ち』

綺羅子がとんでもなく大きな舌打ちをしていることすら気にならない。

今すぐにでも逃げ出したいのに、どんどんと生気が吸い取られていって、身体に力が入らない。

か、隠木……。お前、暗殺者の才能あるよ……。

「俺は……俺は……」

「ん？　どうかしたっすか？」

暢気に俺を至近距離で見つめてくる隠木。

いいのか、そんなに近づいてきて。

俺がリバースすれば、お前に全部かかるぞ。

「うぷっ……」

やばい！　そろそろ限界だ！

なんとかこの状況を打破しなければならないのだが、どうしたら……。

綺羅子ぉ！　なんとかしろぉ！

「き、綺羅子が……」

「はあ!?　ここで名前を出したら……このバカ！」

ギョッと目を見開く綺羅子。

え、何？　名前を出すタイミングが悪かった？

そんなの考えている余裕がねえんだよ！

さっさとこのバカを俺の上から引きずり降ろせ！

「あー……やっぱりそういう……」

「ち、違いますからっ！　ほら、良人もちゃんと否定して……！」

なんだか知らない方向で納得したようなそぶりを見せる隠木。

スッと手を離されるので、速行で醜く実った胸部から手を離す。

それはいいのだが、やはり今のところ受けたダメージがまったく回復していない。

というか、いまだに上にのしかかられているので、しんどいままである。

慌てて綺羅子が俺に何かを言ってきているが……。

「ぐぇぇぇ……」

「いつまで人肌で気持ち悪くなってんのよ!!」

ふざけんな！

俺にとっては深刻すぎるダメージなんだよ！

「……略奪愛って、結構興奮するっすよね！」

『この子はいったい何を言っているの？』

最後に寄生虫の呆れた声を聴きながら、俺は意識を飛ばすのであった。

人肌、キモイ……。

書き下ろし短編2　綺羅子のストレス発散

「疲れた……」

フラフラになりながら、寮で割り当てられている俺の部屋に戻ってくる。

学校生活でこんなに疲れることになるなんて……。

今までもなかったことだから、余計に心身が疲労している。

一度でも経験していたら、また違っていたんだろうが……。

だからと言って、経験したかったとは思わない。

というか、今でさえさっさと辞めたいレベルである。

『演技していて疲れるなんて珍しいね。中学時代なら、まったくそんなそぶりは見せなかったのに
……』

「普通の高校に行っていたら、たぶんこんなに疲れなかったわ。命がけの授業とか時々入ってくるから、そういう意味で疲れるんだよ」

当然のことだが、俺の演技力は神すらも欺けるレベルである。

そして、物心ついてから基本的にやり続けているので、疲れるとかはない。

呼吸して疲れるなんてことは、基本的にはないだろう。

俺もそんな感じなのである。

だが、今俺のいる環境は非常に特殊だ。

特殊能力者を養成するための学園において、ダンジョンとかいう危険極まりない場所を攻略することを求められる。

これ、とてつもないストレスである。

演技がつらいとかではなく、環境がつらい。

『まあまあ。お風呂にでも入って気分転換しようよ。ここ、学生寮とは思えないほどかなり充実しているじゃん』

「まあ、俺を滞在させようとするなら当たり前だよな」

『自己評価高すぎない？』

寄生虫の言う通り、俺たちの過ごしている学生寮というのは、かなり充実している。

日本には私立高校もたくさんあるが、どこよりも優れていると自信を持って言える。

ちょっとしたホテルのような部屋や設備である。

さすがは国立と言えるだろうか？

まあ、国立なら税金を使っているし、贅沢（ぜいたく）な造りになる理由にはならないか。

おそらく、少しでも学生の不満を減らそうとしているのだろう。

しょせん、社会に出たこともないキッズだしな。

ちょっといい暮らしをさせれば、多少は溜飲（りゅういん）を下げることができる。

俺の溜飲はまったくと言っていいほど下がっていないけど。

俺はもちろんのことだが、この学園に強制的に入学させられて、将来は国家公務員として危険な仕事に従事することに不満を持つ者もいるだろうし。

そんなことを考えながら、俺は風呂の準備をする。

すぐに風呂は沸くので、さっさと制服を脱ぎ捨て、熱い風呂の中にダイブするのであった。

「ふは〜……」

いい気持ちだぁ……。

風呂って、入るまでは面倒くさいのだが、入ってからは本当に気持ちがいい。

身体が疲れ切っていると、なおさらだ。

『いいなあ。こういう時は、身体を持っていないと残念に感じるよ』

「今すぐ俺の脳内から出ていって自分の身体に戻ればいいじゃん。こっちには二度と戻ってくるなよ」

『嫌だ』

「死ね」

ちょっと期待したじゃねえか。お前が出ていってくれること。

そもそも、嫌だってなんだ。

俺の身体だぞ！　出ていけや！

『というか、やりたくてもできないんだよね』

「お前も意味分からん奴だよなあ……。結局、お前ってなんなの？　いきなり人の頭に住み着くとか、マジで寄生虫だぞ」

『僕も隠しているわけじゃないんだけどね。ただ、今言っても混乱させるだけだと思うから、時が来たら全部話すよ』

「今でも十分混乱しまくりなんだけど。舐めてんの？」

存在自体がそもそも意味分からんのがお前なんだぞ。

それにどういうわけか脳内に住み着かれている俺の気持ち、考えたことあるの？

罵倒の意味を込めて寄生虫と呼んでいるが、宿主を死に至らしめるレベルの悍ましい寄生虫と同じ害悪さだと、俺は思っているぞ。

そんなことを考えていると、扉の向こうから綺羅子の声が聞こえてくる。

「良人……やっぱり、お風呂に入っていたのね」

「また来たの？　何しに来たんだよテメエ」

『いきなり喧嘩腰から入るの意味分からないよね』

毎度毎度俺の部屋にやってきやがって……！

俺のオアシスに土足で踏み込んでくるんじゃねえ！

「いや、今日はちょっと疲れちゃって……。良人の嫌そうな顔を見て癒されようと思ったの」

「思ったの、じゃないよね。どんなストレス発散方法なの？」

ストレス発散方法は色々あって人それぞれだろうが、特定の個人の嫌がる顔を見て発散するとかどんな性格していたらそうなるの？

完全にアウトだろ。

「まあ、あなたの気持ちなんてどうでもいいし。私が良ければそれでいいのよ」

「ゴミかな？」

誰だよ、こんなモンスターを作り出した奴は。

こいつの親か。

……まあ、うちの親に勝るとも劣らない無能だけどさあ。

親なんだからガキくらいしっかり管理しとけよ、バカ。

「うるっさいわねー」

『えぇっ⁉』

そんなことを言いながら、ズカズカと浴室内に侵入してくる綺羅子。

風呂場なので当然ではあるのだが、彼女は衣服を身にまとっていなかった。

制服とか下着も、適当にそこら辺に投げ捨ててきたのだろう。

別に好きにしたらいいが、それを俺に拾い集めさせるのは止めろ。

クソ面倒くさい。

というか、寄生虫！

テメエ、声がでかいんだよ！　耳が壊れるかと思ったわ！

「なんだ、お前も入るのかよ」

「汗かいちゃったしね。とりあえず、きれいにしてスッキリするわ」

「あっそ」

椅子に座ってざぱぁっとお湯を自分の身体にかける綺羅子。

白い背中をジトーッと睨みつつ、ふうっと息を吐く。

もうこの状態になった綺羅子には、何を言っても無駄である。

基本的に自分で決めたことを他人に左右されることを許さないのが、綺羅子である。

俺が何を言ったところで、こいつはこの浴室に居座り続けるだろうし、俺の嫌がる顔を見るために全力を注ぐことだろう。

なら、もう何も言わずに無視するような形でいるのが一番だ。

俺はそう結論付けるのであった。

『えええええ!?』

目をつむってぼーっとしようとしていたのに、寄生虫の大声で台無しである。

なんだよ、うるせえな。

お前の声はただでさえ不快なんだから、マジで喋るなよ。

『いやいやいや！　なんで二人でお風呂に入っているの!?』

なんでって……。

なんだかとてつもなく今更な質問をされて、逆に困惑する。

あれ？　そういえば、こいつに取り憑かれてから、一度もなかったっけ？

まあ、昔からこんな感じだったんだよ。

『昔から!?』

昔から。

非常に不本意ながら、俺は綺羅子とはいわゆる幼なじみという関係である。

そして、うちの家は綺羅子の家に対して主従関係……とまではいかないが、パワーバランス的には下である。

綺羅子が自分の家にいて面倒くさくなって、こっちの家に逃げてきた時とか、よく風呂場に来ていたのだ。

クソ親父は大好きな上の家から大切なお子さんがやってくると、毎回嬉しそうに家に上げていたのだ。

ふぁっ◯ゅー、クソ親父。

お前の未来は暗いぞ。

『いやいや、まあ子供の時なら百歩譲ってそうかもしれないけど、今は思春期真っ只中(ただ)じゃん!』

あー……。キッズだった時は特に意識していないから異性でも一緒にお風呂に入るのはいいけど、ある程度成長したらお互いに意識しちゃうから、一緒にお風呂に入るのはおかしいと?

それは、まああながち間違いではないと思う。

一般的な意見だろう。

だが、寄生虫は大事なことを忘れている。

……俺たちに思春期とかあると思う?

『あっ……』

異性の裸体を見てキャッキャするような性格ではないのだ。

俺も、綺羅子も。

というか、本当にガキのころから一緒だしなあ……。

今更、綺羅子の裸体を見たところでなんとも思わん。

劣情を催すことなんて、もってのほかだ。

昔からの流れもあるし、こいつの内面ドブだし。

そして、綺羅子も俺に対しては同じことを思っていることだろう。

だから、別に大したことではないのである。

『いや、うーん……。辻褄(つじつま)は合っているような気もしなくもないけど……』

寄生虫がそんな風に悩んでいる間に、身体を洗い終わった綺羅子が浴槽の中に入ってくる。

かなり立派な造りなので、二人で入ることも可能だ。

とはいえ、さすがに手狭にはなるし、どうしても密着しなければ入ることができなくなる。

他人の人肌は一発アウトな俺だが、さすがに綺羅子は昔から一緒にいるだけあって、彼女の体温だけは吐き気を催すことはない。

俺が脚を開いて座れば、その間に滑り込むように綺羅子が入ってきて、背中を俺の胸に押し付けてくる。

真っ白でスベスベの肌触り。

シャンプーとかは同じものを使っているはずなのだが、香ってくる匂いは俺のそれとは全然違う気がする。

不思議だ。

「はあ、いいわね。お風呂ってぼーっとできるし、気が楽になるわ……」

「それはある」

ふーっと息を吐きながら、蕩けそうな声を漏らしている綺羅子。

俺の部屋の風呂でくつろいでいるのはなんとなくむかつくが、実際に今とても身体がほぐれて気持ちがいいので、見逃してやることにする。

こいつ、外に放り出そうとしたらマジで全力で抵抗してくるからな……。

噛みつき、ひっかき、つねり。

考えうる限り最悪の攻撃手段で執拗に首などを狙ってくる。

なんだこいつは……。

「そういえば、怪我とか傷とか残っていないの？　残っていたら、そこをアピールしてあなたが良さそうな女を捕まえようとしたら邪魔できるのに」

クルリと身体を反転させて、俺の身体を検分するように見始める綺羅子。

もうお互い何も隠れていないが、俺も綺羅子も一切気にしない。

別に隠すほど恥ずかしいものでもないし、昔からそうなのだから、今更である。

基本的に身体の特徴なんて、お互い隅々まで知っているし。

逆に言うと、自分たちにとって見覚えのないものが、この学園に来てからの傷ということになる。

綺羅子は俺の身体をジロジロと見て、傷がないのを確認すると、残念そうにため息をついた。

なんだこいつ。

というか、指で胸板をなぞるな。かゆい。

「俺の特殊能力って、無効化らしいから、そういうのは割と大丈夫そう。どっちかというと、お前の方が傷が残りやすいんじゃゃね？　あと、くすぐったいからなぞるな」

超便利な特殊能力、無効化。

自分の意思とは関係なく、基本的にオートで発動する。

しかし、オートだからこそよく分からないことが多く、攻撃が普通に俺に通ることもある。

やっぱり、全然便利じゃないわ。ふざけんな。

そもそも、こんなクソみたいな能力が発現したから、俺はこんなところに幽閉される羽目(はめ)になったのだ。

なんだこの欠陥能力は。

さっさとなくなれ。

「それは確かに。私の身体も見て。都合のいい男を捕まえる前に傷があったら大変だわ」

「別にいいけど……」

特殊能力に対する罵詈雑言を内心でぶちまけていると、心配した綺羅子が両腕を広げて俺に観察を依頼してくる。

……別になんとも思わないんだけど、見せつけてくるのはどうかと思う。

まあ、いいんだけど……。

非常に残念なことに、綺羅子の身体には傷一つなかった。

きれいな白い肌が、水滴をはじいて艶やかに輝いていた。

ちっ、面白くねえな。

消えない傷とかついていたら笑えたのに……。

というか、そもそもである。

「でも、お前はどっちにしても家から逃げられんだろ。お前自身に都合のいい男を見つける前に、家に都合のいい男をあてがわれるだろ」

「がるるるるるっ！」

「ぐおおおおおっ!? 何噛みついてきてんだ、テメエ!!」

バシャバシャとお湯をかき分け、牙をむいてくる綺羅子。

こ、こいつ！ 的確に頸動脈を狙ってきやがる……！

さすがに痛いので、俺も必死に抵抗する。

全裸の幼なじみ二人が、風呂場でガチの格闘をしていた。

疲れるから止めろや！

『……この二人の関係性って、本当なんなの？』

なんていうふざけた寄生虫の言葉は、激しい格闘で何も聞こえなくなるのであった。

あ、しまっ……いてえええええええええ!!

あとがき

『最強の力を持ってしまった幼なじみの2人、ダンジョンにて全力で蹴落とし合う』を手に取っていただきありがとうございました。溝上（みぞかみ）です。

タイトル名がかなり長くなってしまいましたが、今流行（はや）りみたいなところもあるかと思うので、勘弁していただけると助かります……。

何を書けばいいのかあまりアイディアが出てこないので、キャラクターについて話してみたいと思います。


主人公の梔子　良人。

自分が絶対に優先されるべきだと考えていて、他人は心の底から踏み台としか思っていない主人公です。主人公……？

クズだけど、ここまで自分の考えなどを一切曲げずに堂々と胸を張ることができるのは、凄いと思います。

こんな奴、周りにいてほしくないですけどね。

メインヒロイン？　の黒蜜　綺羅子。

こいつも良人に負けず劣らずのクズです。女版良人ですね。こんなのが二人いて同じ場所で行動を共にしているとか、悪夢以外のなにものでもないと思います。

ただ、この二人が全力でいがみ合って蹴落とし合っているからこそ、どちらかが幸せになることがありません。

クズが幸せになっていても、面白くないですからね。二人とも痛い目に遭って奈落の底に落ちていってほしいなと思います。


一応一巻のヒロイン？　の隠木　焔美。

メカクレが好きです。

なんだか好き勝手行動して、随分と楽しんでくれました。良人と綺羅子が色々と苦しめられている中、一番いい空気を吸っていたんじゃないでしょうか？

良人と綺羅子からは嫌われそうですね。


最後に、この本を手に取ってくださった読者の皆様。拾ってくださった出版社、編集者様。イラストを担当してくださったサクミチ先生。その他関わってくださったすべての方、ありがとうございました。

BKブックス

最強の力を持ってしまった幼なじみの2人、ダンジョンにて全力で蹴落とし合う

2023年9月20日　初版第一刷発行

著　者　溝上 良（みぞかみりょう）

イラストレーター　サクミチ

発行人　今 晴美

発行所　株式会社ぶんか社
〒102-8405　東京都千代田区一番町29-6
TEL 03-3222-5150（編集部）
TEL 03-3222-5115（出版営業部）
www.bknet.jp

装　丁　AFTERGLOW

編　集　株式会社 パルプライド

印刷所　大日本印刷株式会社

ISBN978-4-8211-4672-7

Printed in Japan